코마, 콤마

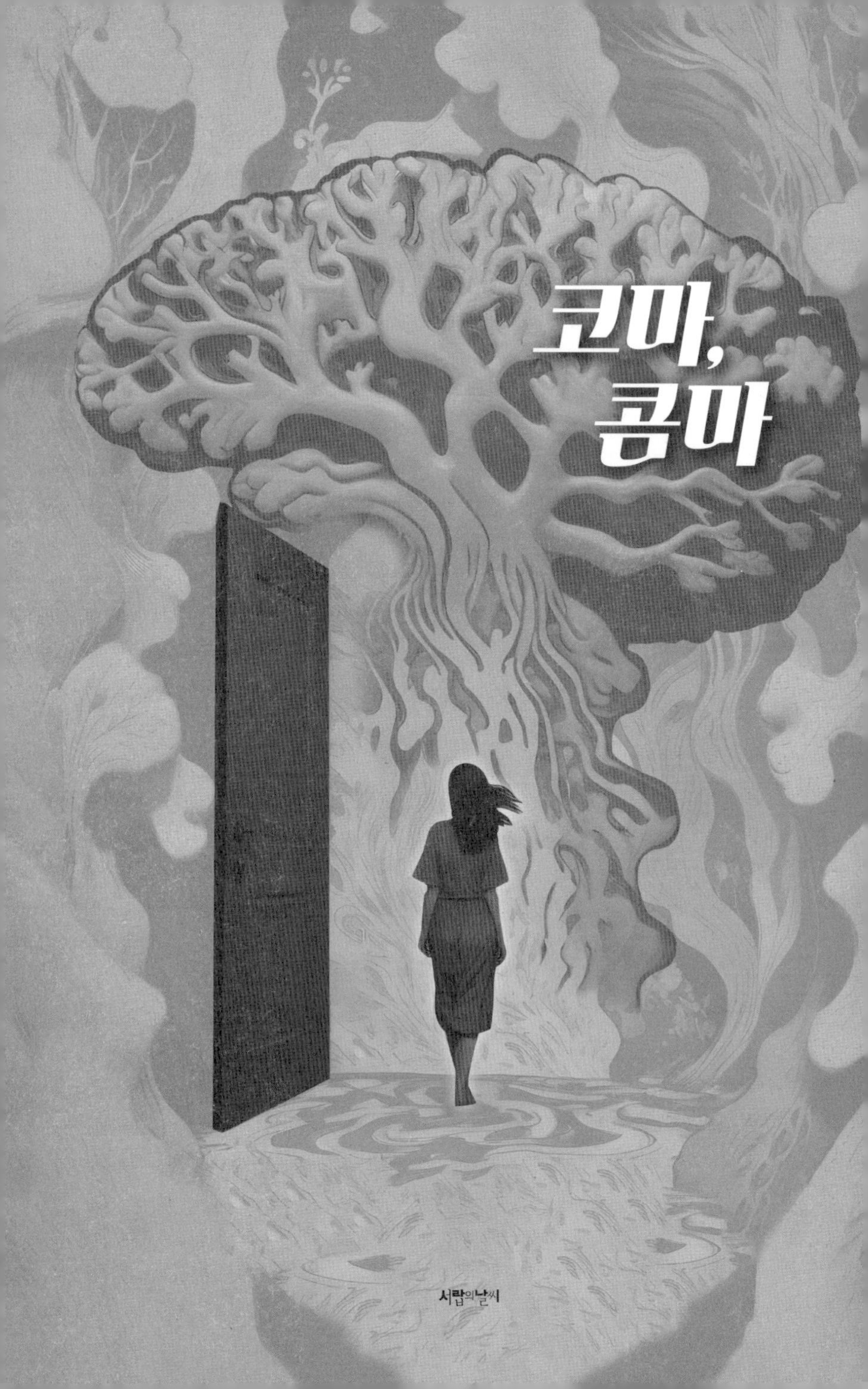
코마,
콤마
서랍의날씨

　창밖엔 아침부터 내리던 비가 해가 저물도록 부슬거리며
흘러내리고 있었다. 이미 외출 준비를 마치고 나서도 침대맡
에 앉아 멍하니 흐린 창밖을 바라보던 수영은 어두워진 방 안
으로 들어오는 주차장의 자동차 불빛이 몇 차례 방안을 휘젓
고 나서야 문득 정신이 들었는지 고개를 들어 시계를 바라
봤다. 저녁 여섯 시였다. 예전이었다면 저녁 식사를 준비할
시간이었다. 수영의 시선이 벽에 걸린 시계를 떠나 아래로 내
려오다가 화장대 한쪽에 세워져 있는 액자에 머물렀다. 어두
운 방 안을 밝게 비춰주기라도 하듯이 성훈이 자기 어깨를 감
싸고 환하게 웃고 있었다.
　"나쁜 놈."
　들리지 않을 거란 걸 알면서도 수영은 사진 속의 성훈에게

들으라는 식으로 말했다. 차라리 단 한 번만이라도 꿈에서라도 나타나 주었다면 지금 이렇게까지 되지는 않았을지도 모를 일이었다. 수영은 몸을 일으켜 화장대로 갔다. 자신과 시선이 마주치지 않도록 액자를 뒤집어서는 안에 들어있는 사진을 꺼내려 단단하게 고정된 뒤판을 몇 번 흔들어 보았지만 쉽게 움직이지 않자, 그대로 화장대 한편으로 던지듯 치워버렸다. 지난 6년간의 간절했던 기다림과 미련도 그렇게 액자처럼 쉽게 치워버릴 수 있다면 얼마나 좋을까 하는 생각이 들었다.

6년 전 그날도 이렇게 비가 내리고 있었다. 제시간에 퇴근해서 사무실을 나와 집으로 오고 있다던 사람이 갑자기 사라져 버렸다. 성훈을 위해 시간을 맞춰 끓이던 찌개와 새로 지은 밥솥의 뜸 들이는 소리가 끝나고도 한참이나 아파트 복도를 걸어오는 성훈의 인기척은 느껴지지 않았다. 평소와 다를 것 없는 일상이었지만 왠지 불안한 가슴 한구석을 스쳐 지나가는 서늘한 바람 한 줄기 때문이었다. 수영은 성훈에게 전화를 걸었지만 들려오는 소리는 등록되지 않은 번호라는 낯선 기계음이었다. 몇 번이고 화면을 바라보며 전화번호를 확인해 보지만 이해할 수 없었다. 불과 한 시간 전만 해도 수영에게 전화를 걸어온 번호가 등록되지 않은 번호라는 건 상식적으로 생각할 수 없는 일이었다. 수영은 마음이 어지러웠다. 한 시간이면 충분히 돌아올 성훈은 두 시간, 세 시간이 지나도록 연락이 되지 않았다. 사무실로 전화해도 받는 사람이 없었기에 결국 수영은 회사로 찾아가기까지 했지만, 그곳에 성훈은 없었다. 당황한 수영이 경찰에 실종신고를 했지만, 경찰은 그다지 심각하게 받아들이지 않았다. 차일피일 시간을 끌던 경찰은 실종된 지 3일이 지나서야 결국 성훈의 이동 경로 CCTV나 이동전화 기지국 확인을 시작했고, 그걸로도 성훈의 움직임이 발견되지 않았기에 말 그대로 증발해 버린 걸로 보인다는 황당한 말을 들어야 했다. 사무실을 나왔고 집으로 오고 있다는 사람이 어떻게 그렇게 감쪽같이 사라질 수가 있는 건지, 누군가에 의해서 납치된 건 아닌지, 수영은 정신이 나간 사람처럼 몇 날 며칠 동안 성훈의 흔적을 찾았지만, 세상 어디에서도 발견할 수 없었다.

몇 번이고 성훈의 흔적을 찾아다니면서 절망적인 결과를 대할 때마다 수영은 온몸의 피가 빠져나가는 듯한 충격과 함께 주저앉아 쓰러지고는 했다. 그때마다 옆에서 수영을 부축하며 지켜준 건 성훈의 동생 영훈이었다. 형을 찾아내기 위해 수영과 함께 해온 영훈이 없었다면 수영은 6년은커녕 진작에 무너졌을 거로 생각했다. 그런 연락도 없는 나쁜 놈은 잊어버리고 새 출발을 하라는 영훈의 말에 처음엔 화를 내기도 했지만, 아무 소득도 없이 힘겹게 버텨왔던 6년이 지나가면서 성훈의 실종을 두고, 이제는 기다려야 할 때가 아니라 보내줘야 할 때라는 영훈의 말이 수영은 불편하기보다 어느덧 자연스

럽고 당연하게 느껴졌다. 그건 성훈의 빈자리가 더는 느껴지지 않았기 때문일지도 모른다. 성훈이 실종되고 5년이 지났을 무렵, 영훈은 수영에게 마음을 고백했다. 절망 끝에 시작된 새로운 사랑이 실종된 약혼자의 동생이라니, 물론 수영도 그런 관계가 사람들의 손가락질을 받을 수 있다는 건 알고 있었다. 하지만 내치지도 받아들이지도 못하는 상태로 영훈을 옆에 두는 것도 못할 짓이었다. 지지부진하게 시간을 보내다가 또 1년이 지나서야 수영은 마음을 정했다. 자신의 삶은 자기 것이기에 다른 사람들의 시선은 신경 쓰지 않겠노라고 결심했다.

"영훈 씨. 나야. 응. 거기서 이따가 만나. 아니. 그런 거 아니야. 이따가 만나서 얘기해."

수영은 영훈과 저녁 약속을 잡고 화장대 앞에 앉았다. 결심은 이미 오래전에 했지만, 미련이 남아 있던 탓에 시간을 끌었던 걸까. 돌아오지 않을 사람을 하염없이 기다리는 건 철지난 절개도 의리도 아니라 그저 남아 있는 사람을 아프게 할 뿐이라고 수영은 자신에게 계속 되뇌면서 화장을 고쳤다. 누군가를 위해 화장을 한 것도 오랜만이었다. 늘 만나오던 영훈이었지만 미안한 마음을 담아 오늘만큼은 특별한 날로 만들어 주고 싶다는 생각이 들었기 때문이었다. 현관 앞으로 간 수영은 신발장을 열고 영훈이 새로 사준 구두를 골랐다. 지금까지는 성훈이 사주었던 낡은 신발을 줄곧 신어왔지만 이젠 성훈과 관련된 건 하나씩 지워나가야만 할 거로 생각했다. 비 오는 날에 새 구두를 고르다니 이런 날이면 그냥 편한 신발을 신으라던 성훈의 목소리가 들려오는 것 같았다. 수영은 핸드백과 우산을 챙기고는 현관의 잠금장치를 풀고 문을 천천히 열었다. 그리곤 온몸이 얼어붙은 채로 굳어버렸다. 열린 문틈 사이로 6년 전 사라졌던 성훈이 옛 모습 그대로 수영을 바라보며 서 있었다. 굳어버린 수영이 손잡이를 놓치자, 현관문은 서서히 닫혔고, 수영은 점점 좁아지는 문틈으로 자신을 응시하는 성훈의 모습을 보며 자신의 죄책감이 불러온 착각이라고 짐작했다. 하지만 닫히던 현관문은 성훈이 붙잡아 멈추었고, 입술을 움찔거리던 성훈이 어색하게 웃으며 천천히 말했다.

"들어가도 되지?"

아무런 대답도 못 하던 수영은 문을 열고 성훈이 들어오자, 자신도 모르게 뒷걸음질을 치다가 다리가 풀리면서 주저앉았다. 그 모습에 놀라며 몸을 낮춰 수영의 팔을 잡은 성훈이 말했다.

"괜찮아? 많이 놀랐어? 미안해. 내가 너무 늦게 왔지?"

이제는 까마득히 다 잊어버렸던 예전의 사람 좋은 미소를 지어 보이며 말하는 성훈을 바라보면서 수영은 눈앞이 뿌옇게 흐려져 가는 게 느껴졌다.

"왜 왔어?"

굵은 눈물이 주르륵 뺨을 타고 흐르는 순간, 수영은 자신도 모르게 성훈에게 모질게 말이 튀어나왔다. 왜 이제 왔냐는 말을 자신이 잘못 들은 건지 아니면 말 그대로 왜 온 건지를 묻는 말인지 알 수 없던 성훈은 잠시 당황하다가 말했다.

"미안해. 내가 너무 늦어서."

"아니. 괜찮아. 이제 나랑은 상관없으니까."

하염없이 눈물을 흘리며 성훈을 노려보던 수영이 눈물을 닦아내고는 차갑게 말했다.

"하나만 물어보자. 그동안 왜 아무 연락도 안 하고 숨었던 거야? 찾지도 못하게 일부러 모든 흔적을 다 지워놓고 그러고선 왜 지금 인제야 돌아온 거야?"

수영의 말을 듣는 성훈의 표정이 어두워지더니 잠시 당황하는 듯했다. 성훈의 눈빛은 혼란스러워하는 듯했고, 뭐라 말할 것이라도 있는 것처럼 입을 몇 차례 우물거렸지만, 결국엔 입가에 맴돌던 말을 삼키고는 말했다.

"미안해. 돌아오는 길이 너무 멀었어."

"어디에 납치라도 됐던 거야? 그래서 못 왔던 거야?"

수영은 두 번 다시 안 볼 사람을 대하는 것처럼 냉정하게 몰아세우다가도 힘들게 돌아왔다는 성훈의 말에 금세 마음이 무너져 걱정이 깃드는 말이 자신도 모르게 나오고 말았다.

"다친 데는? 어디로 잡혀간 건데 6년 동안 연락도 못 한 거야."

"6년…. 그래 6년이지. 난 괜찮아. 수영이 너는? 너는 괜찮아? 여기서 계속 있었던 거야? 여기 우리 집에서 6년 동안?"

성훈은 수영의 너머로 보이는 집안을 바라보며 말했다. 신혼집으로 장만해서 함께 지내던 집안은 6년 전과 아무것도 달라진 것 없이 그대로였다. 하지만 6년이라는 긴 시간 동안 이곳에서 혼자 외롭게 있었을 수영을 생각하니 성훈은 마음이 먹먹해졌다.

"우리 집이니까. 근데 난 인제 어쩌지…."

수영은 주저앉은 채로 머리를 감싸 쥐었다. 그러자 외출하려고 다듬어 놓았던 머리들이 헝클어지기 시작했다.

"어쩌긴 이젠 같이 있으면 되지."

성훈은 말하면서 수영의 어깨에 손을 얹었다. 그러자 반사적으로 몸을 움츠린 수영이 성훈의 손을 피해버렸다. 그 모습을 보며 성훈은 자신도 모르게 표정이 굳어버렸다. 6년이라는 시간 동안 무슨 일이 있었는지 알 수없던 성훈은 자신을 낯설게 대하며 불편해하는 수영의 행동에 그저 당황할 뿐이었다. 성훈이 알고 있던 수영은 늘 따뜻한 미소로 성훈을 맞이하던 그런 사람이었다. 화낼 줄도 모르고, 얼굴을 붉히기보다 차라리 손해를 보는 것을 택하는 답답하리만치 착하던 사람이 이리 자신에게 냉정하게 구는 데에는 6년 만에 돌아왔다는 자신 말고도 다른 이유가 있을지도 모른다는 예감이 문득 들었다.

"그동안 혹시 무슨 일이 있었던 거야? 나…. 기다려 준 거 아니었어?"

"기다렸어. 기다렸다고. 그러니까 왜 이제 온 거냐고!"

울부짖는 수영을 보며 성훈은 일이 뭔가 크게 잘못되었음을 짐작했다.

"괜찮으니까 얘기해 봐. 내가 잘못한 거니까. 나 때문에 그런 거잖아. 괜찮아. 얘기해 봐."

성훈은 다시 한번 수영의 어깨에 손을 올리려다가 멈칫하고는 펼쳤던 손가락을 오므리며 주먹을 쥐었다. 수영이 자기 손을 피하는 모습을 굳이 다시 보고 싶지는 않았기 때문이었다.

"괜찮지 않아. 괜찮을 수가 없다고!"

머리를 감싸 쥐며 괴로워하던 수영이 눈물로 얼룩진 얼굴을 들어 성훈을 원망스럽게 바라보았다. 그런 수영의 얼굴을 보며 성훈은 수영이 어떠한 말을 하더라도 감내할 마음의 준비를 하고 있었다.

"나 영훈 씨랑 만나. 영훈 씨랑 만난다고!"

마치 모든 걸 체념하기라도 한 것 같은 목소리로 수영은 원망하듯 말했다. 하지만 성훈은 수영이 무슨 말을 하는 건지 이해가 되지 않았다.

"누구?"

"안 들려? 나 영훈 씨랑 만난다고."

"영훈?"

"그래. 당신 동생 영훈 씨 말이야!"

모든 게 성훈의 실종 때문에 벌어진 일이기에 수영은 성훈의 탓을 하며 소리를 질렀다. 순간 수영의 모습은 연극무대에서 스포트라이트를 받는 주인공처럼 빛나는 작은 공간과 함께 성훈에게서 까마득하게 멀어져갔다. 성훈은 손을 내밀어봤지만 멀어지고 있는 것이 수영이 아니라 자기 몸이라는 걸 깨닫는 데는 그리 오래 걸리지 않았다.

성훈은 작은 세포 단위로 쪼개지듯이 몸이 부서지면서 저 멀리 작은 별처럼 보이는 수영을 두고 뒤편 암흑 속으로 빨려 들어가기 시작했다. 자신의 몸을 누군가 강력하게 잡아당기는 것처럼 깊은 어둠 속으로 빨려 들어가 통과하는 느낌이었다. 멀리서 머릿속을 울리는 듯한 목소리가 들려왔다.

"성훈 씨 괜찮으십니까? 의식이 드세요?"

성훈은 몸이 무겁게 가라앉아 있다는 느낌이 들었다. 눈을 떠보지만, 시야에 들어오는 것들이 아직은 선명하게 보이지 않았다.

"네…. 벌써 10분이 된 건가요."

"네. 시간이 됐습니다. 실험 막바지에 수영 씨와의 동기화가 낮아지는 현상이 있었는데 실험 중에 무슨 충격적인 일이라도 있으셨던 건가요?"

" "
…

성훈은 실험실 의자에 기대어 누워있던 몸을 일으켰다. 마치 몸살이라도 날 것처럼 온몸이 묵직하게 느껴졌다.

"헬멧은 벗어도 되나요."

"네. 접속종료되었으니까요. 벗으셔도 됩니다."

성훈은 머리에 쓰고 있던 여러 가닥의 전선이 달린 헬멧을 벗어 내렸다. 대기하던 연구원 한 명이 그에게서 헬멧을 받아 주었다.

"있는 그대로 말씀해 주세요. 수영 씨의 의식 속에서 있었던 모든 일을 설명해 주셔야 합니다."

실험실의 스피커를 통해 재촉하듯 답을 요구하는 말이 나왔다. 그건 첫 실험에 대한 기대에 들뜬 연구진이었다. 하지만 조급할 것 없는 성훈은 코마 상태로 바로 옆 침대에 누워 기계장치에 연결된 수영을 바라보며 말했다.

"6년을 기다렸다고 하네요. 그런데 지금 이 자리에서 꼭 이야기해야 하는 게 아니라면 인터뷰실에서 하고 싶은데요."

6년 만에 만난 수영이 다른 사랑에 빠져있다는 말을 굳이 모두가 보는 데서 하고 싶지는 않았다. 마이크 너머의 목소리가 성훈의 이야기를 듣고는 말했다.

"그러시죠. 그럼, 인터뷰실로 이동하시겠습니다."

성훈이 몸을 추스르며 들어간 인터뷰실은 편안하게 앉을 수 있는 소파가 있었다. 성훈은 소파에 앉아 여전히 무겁게 느껴지는 몸이 서서히 회복되기를 기다렸다.

"오랜만에 수영 씨를 만나보신 기분은 어떠세요?"

프로젝트에는 두 명의 책임자가 있다. 성훈에게 말을 거는 최 교수는 차분하지만, 냉정한 구석이 있었다. 신경정신과 교수이기에 실험의 중심에서 주도해 나가는 입장이기도 했다. 성훈은 자신의 기분을 가볍게 묻는 최 교수의 질문이 인사치레로 분위기를 풀어간다고 하는 말이 아니라 그 마저도 자신의 심리를 분석하려는 다른 목적이 있어서 하는 말은 아닐까 하는 생각이 문득 들었다.

"글쎄요. 당황스럽기도 하고 황당하기도 하고…. 수영이가 6년이라는 시간을 인지하고 있었어요. 그런데 6년 만이라면서 보고 싶었다는 말은 커녕, 저보고 왜 왔냐고 하더라고요. 그러면서 이해가 되지는 않지만 자기는 지금 영훈이라는 사람을 만나고 있다고…."

맥이 빠진 듯 어깨를 늘어뜨린 성훈을 보며 최 교수가 말했다.

"실험을 시작하기 전에도 계속해서 성훈 씨에게 말씀드렸지만, 코마 상태의 환자가 충분히 예상할 수 있는 설정을 만들어 놓고 피실험자를 맞이할 거라는 생각은 하지 않으셔야 합니다. 상황을 이해하려고 하시지 말고 있는 그대로 자연스럽게 받아들이셔야 실험의 진행이 수월할 겁니다. 아시죠?"

최 교수의 말에 성훈이 고개를 끄덕였다.

"아무튼 수영 씨가 만난다는 영훈이라는 사람은 혹시 성훈 씨가 아는 사람인가요?"

성훈은 잠시 생각해 보더니 어이가 없다는 듯이 웃으며 말했다.

"아뇨. 수영이는 그 사람이 제 동생이라고 했는데 전 동생이 없거든요."

최 교수는 당연히 그럴 수 있다는 듯이 미소를 지으며 말했다.

"그건 누구나 꿈꾸는 일종의 환상이라고 생각하시면 됩니다. 평소 환자의 바람이나 욕구가 무의식을 통해 구현되는 거죠. 수영 씨의 경우는 연인에게 가지고 있던 불만이 형상화돼서 나타난 거라고 할까요. 아마도 그 대상이 영훈이라는 존재고요. 설마 코마 상태인 수영 씨가 정말로 다른 마음을 먹었다거나 정말 다른 연인을 만나고 있다고 생각하시는 건 아니겠죠?"

최 교수가 하는 말은 당연히 성훈을 위로하며 한 말이었지만 성훈에게는 위로가 되지 못했다. 그런 수영의 불만은 성훈도 짐작했던 일이기는 하지만 근본적으로 이 모든 사건은 성훈 자신이 초래한 것으로 생각했기에 오랜 시간을 자책해 왔기 때문이었다.

"또 모르지. 정말 보기 싫었을 수도."

최 교수의 옆에 있던 김 교수가 빈정거리듯 말을 던졌다. 김 교수는 코마 환자와 피실험자의 의식을 연결하는 장치를 만들어낸 사람이었기에 운영자로서 프로젝트에 참여하고는 있지만, 평소 건들건들 행동하며 말하기에 진중하지 못하고 가벼워 보이는 김 교수의 모습이 성훈에게는 종종 거슬리기는 했다. 거기다 첫 실험을 마치고 생긴 성훈의 불안함에 대한 헤아림 없이 한마디 얹어 올리는 그 퉁명스러움이 성훈의 마음을 아프게 헤집어 놓았다.

"김 교수. 인터뷰 중에는 업무에 필요한 말만 하기로 하지 않았어?"

인터뷰를 도와주는 게 아니라 훼방을 놓는 것처럼 들리는 말에 화를 참아내던 최 교수가 굳은 얼굴로 입술을 꾹꾹 눌러 담듯이 또박또박 말했다. 하지만 김 교수는 그런 최 교수의 말에 아랑곳없이 들고 있는 서류를 연신 넘겨 읽으며 비아냥거리는 것을 멈추지 않았다.

"네네. 그러시죠. 의사 선생님. 그래도 이 사람 너무 뻔뻔한 거 아닌가? 여기 환자 히스토리에 다 쓰여있잖아요. 이 무책임한 보호자에 대해서. 집에서 약혼자를 외롭게 기다리다 아무도 없는 곳에서 홀로 쓰러진 약혼녀. 집으로 간다고선 아무런 연락도 없이 기다리는 약혼녀를 버려두고 회사로 돌아간 약혼남. 자 여기서 잘못은 누가 저지른 걸까요? 자기가 저지른 잘못이 있으면서 왜 코마에 빠진 약혼녀가 있지도 않은 외도를 한다고 우울해하는 건지 모르겠네…. 어?"

서류를 보던 김 교수의 눈이 커지더니 성훈을 한심하다는 듯이 쳐다보았다.

"유산? 아기가 있는데도 그랬던 거야?"

"야! 김요한!"

최 교수가 김 교수에게 버럭 소리를 지르는 순간, 성훈은 두 눈을 질끈 감았다. 김 교수의 말에 6년 전 그날이 선명하게 떠올랐기 때문이었다. 비가 오던 그날 그 퇴근길에, 회사에서 걸려 온 전화를 받지 않았더라면, 아니 그랬더라도 다시 회사로 돌아가지만 않았더라면 수영이 저렇게 되지는 않았을 텐데 하는 생각과 후회로 성훈은 지난 6년을 살아왔다. 빈정거리는 김 교수의 말에 기분은 나빴지만 한심해 보이는 김 교수보다 자신이 더 한심한 사람이라는 생각이 드니 불쾌하다는 생각조차 사그라졌다. 게다가 그 말들은 자신이 진술했던 내용이었고, 모두 사실이었기 때문이었다. 다음 날 새벽이 되어서야 들어갔던 집 거실 바닥에 쓰러져있던 수영은 이미 호흡을 멈춘 상태였다. 급하게 119에 신고하고 병원으로 옮겨 간신히 생명은 건질 수 있었지만 수영의 의식은 돌아오지 않았다. 응급실에서 수영을 담당하던 의사가 덤덤한 표정으로 일단 환자의 생명에는 지장이 없겠지만 의식이 돌아올지는 알 수 없다고 말했던 것과 유감스럽게도 아기가 유산이 되었다고 했던 것도 기억났다. 코마 상태에 빠진 수영을 병원에 두고 돌아온 집 안 식탁엔 수영이 준비해 놓았던 케이크와 초음파 사진이 놓여 있었다. 전날 수영은 아마도 퇴근을 한 자신에게 임신 사실을 알려주며 소소한 서프라이즈 파티라도 하려고 했던 모양이었다. 성훈은 몸과 마음이 그 순간 무너지는 느낌이 들었었다. 아무런 생각도 들지 않았고, 자신이 왜 이렇게 살고 있었던 건지 이젠 무얼 어떻게 해야 할지도 머릿속에 떠오르지 않았다. 그저 주저앉아 흐느낄 뿐이었다. 그때 느껴졌던 죄책감이 지금 김 교수의 말 몇 마디에 다시 생생하게 떠올랐다. 김 교수는 최 교수가 소리를 지르자, 자신도 선을 넘는 행동을 했다는 걸 알고 있는지 바닥만 바라보고 있는 성훈을 보면서 입술을 뭐라 움찔거리다가는 별다른 말 없이 일어서서 나가버렸다.

"죄송합니다. 저 김 교수가 저런 사람이 아니었는데…."

그런 김 교수의 퇴장에 미안한 표정을 감추지 못하던 최 교수였다. 하지만 성훈이 바짝 마른 입술로 체념하듯이 대답했다.

"틀린 말씀 하신 것도 아닌데요. 괜찮습니다…."

"김 교수가 마음에 들지 않으시겠지만, 프로젝트를 진행하기 위해서는 필요한 사람입니다. 인간의 의식에 접속하는 이런 장치를 만들었다는 것만으로도 대단한 사람이니까요. 그 덕분에 이 프로젝트가 시작되었고, 수영 씨를 다시 만나게 된 것도 어쩌면 모두 저 사람이 덕분이니까 너무 미워하진 마세요."

"오죽 제가 못나 보였으면 그랬을까요. 코마에 빠진 약혼녀를 6년 만에 만나서는 말도 안 되는 상황에서 그녀가 외도하고 있다고 속상해하는 놈이니까요."

성훈은 마음을 진정시키려는지 심호흡을 한번 길게 하고는 말했다.

"그 영훈이라는 아니 제 동생이라는 사람이 실제로는 존재하는 사람이 아니라는 걸 수영이에게 말하면 안 되는 거겠죠?"

최 교수는 성훈의 말에 고개를 끄덕였다.

"네. 그렇습니다. 마음 같아선 당신 지금 코마 상태야. 지금 이 모든 건 당신이 상상한 대로 만들어진 의식 세계라고. 어서 깨어나야 해. 어서 현실로 돌아오라고."

최 교수는 자신이 생각해도 연기하는 모양이 어색했는지 성훈을 보며 웃음을 짓더니 고개를 흔들었다.

"이렇게 속 시원하게 말하고 싶으시겠지만, 환자가 혼란에 빠지게 되면 의식에 접속한 보호자의 안전에 문제가 생길 수도 있다고 하더라고요. 안전하게 본인의 의식을 회복하기 위해서는 최대한 감정적이거나 자극을 주지 않는 선에서 환자를 대해주셔야 합니다. 환자의 의식 속에서 구현된 세계는 환자에겐 또 하나의 세상이고 환자는 그곳에서의 삶을 누리고 있는 겁니다. 여기 현실로 돌아온다는 건 그곳에서의 삶을 마치고 온다는 거겠죠? 어쩌면 그곳에서의 삶을 마친다는 건 죽음을 선택해야 할 정도로 큰일이 벌어져야만 하는 걸지도 모르죠."

"그 선택을 하지 않으면 어떻게 하죠? 수영이가 계속 저렇게 코마 상태에서 머무르려고 한다면요."

"그러지 않으려고 지금, 이 실험을 하는 거죠. 무리하지 않는 범위 내에서 환자가 자신의 의지로 코마 상태라는 걸 인지하고 극복할 수 있도록 보호자와 저희가 함께 노력하는 거고요."

성훈은 최 교수의 말에 고개를 끄덕였다. 쉬울 거로 생각하지도 않았고, 원하는 결과를 얻지 못할 수도 있다고 생각했다. 그나마 지난 6년간 막연히 깨어나기만 기다리던 시간에 비한다면 잠시 잠깐이라 하더라도 수영을 만나 대화를 나눌 수 있음에 감사해야 한다고도 생각했다.

"좋았던 기억이나 추억의 물건 같은 걸 소재로 삼아서 이야기해 보도록 하세요. 개인적으로는 따로 명상 같은 걸 하시면서 마음의 안정을 유지하실 수 있도록 훈련하시는 것도 중요할 것 같네요. 오늘 실험을 해보셔서 아시겠지만 어지간한 일에는 놀라지 마시고요. 그건 모두 환자가 만들어 놓은 세계니까요."

성훈은 인터뷰를 마치고 나가다 복도에 서 있던 김 교수와 마주쳤다. 묵례하고 지나가려는 성훈에게 김 교수가 쭈뼛거리며 말을 걸었다.

"저기…."

"예. 교수님."

김 교수는 잠시 뜸을 들이다가 말을 꺼냈다.

"아까는 제가 말이 좀 심했습니다. 죄송합니다."

김 교수는 연배가 자신보다 아래인 성훈이라도 자신이 크게 실례를 범했다는 생각에 고개를 숙였다. 그러자 성훈이 맞절하듯이 함께 고개를 숙이며 대답했다.

"아닙니다. 다 맞는 말씀 하신 겁니다. 제가 염치없이 실망하고 자시고 할 처지가 아니죠. 무슨 일이 있을지 어떤 상황이 벌어질지 예상할 수 없다고 마음 단단히 먹으라고 하셨는데 제가 너무 쉽게 당황해서 첫 실험을 망친 것 같아 죄송합니다."

"아닙니다. 제가 입이 방정이라…. 그러면 들어가십시오. 저는 다음 실험 준비 때문에…."

김 교수는 성훈에게 다시 가볍게 고개를 숙여 보이고는 도망치듯 실험실을 들여다볼 수 있는 조종실로 향했다.

"두 번째 실험 세팅됐어?"

"네. 환자 세팅 완료되었고, 보호자 입실하면 바로 세팅할 수 있습니다."

김 교수의 말에 조교가 대답했다. 실험실 침대에는 비쩍 마른 노파 한 명이 전선이 여러 가닥 달린 헬멧을 쓴 채로 누워 있었다.

"그런데 알츠하이머 환자한테도 의식 송출이 가능한 게 맞나요?"

조종실 의자에 앉아있던 한 연구원이 고개를 갸웃거리며 말하자, 김 교수는 턱으로 최 교수를 가리키며 대답했다.

"저기 최 박사가 된다잖아. 지가 책임질 만하니까 하는 거겠지. 우린 모니터링만 하면 되는 거고. 우린 오로지 숫자로만 결과를 파악하면 돼. 알겠지? 과학은 어쩐다?"

"과학은 거짓말을 안 한다."

조종실에 있는 김 교수의 팀원들이 익숙하게 김 교수의 질문에 따라 툴툴거리며 대답했다.

"거짓말은?"

"거짓말은 사람이 하는 거다."

"그렇지. 잘 아네. 내 새끼들."

실험실의 문이 열리고 보호자가 들어왔다.

- 홍지선.

김 교수는 방금 입장한 보호자의 서류를 들어 보고 있었다. 화장기 하나 없는 수수한 얼굴임에도 눈길을 떼기 힘든 굉장한 미인이었다. 지선을 처음 보는 몇몇 팀원은 그녀의 미모에 순간 벌린 입을 다물지 못하고 하던 일을 자신도 모르게 멈추고 있었다.

"야. 정신들 차려라. 환자랑 보호자다."

김 교수가 한차례 잔소리를 하고 나서야 팀원들은 조종실에서 바쁘게 자신들의 일을 진행하기 시작했다. 보호자의 헬멧 착용을 담당하는 연구원이 지선에게 헬멧을 씌워주기 위해 실험실로 들어가려 했다.

"어이. 잠깐만."

김 교수는 연구원을 불러세웠다. 영문을 모르는 연구원은 헬멧을 든 채로 멀뚱멀뚱 김 교수를 바라만 보고 있었다.

"첫 실험이다 보니까 보호자에게 따로 전달 사항이 있어서 내가 할게."

팀원들은 김 교수의 말에 고개를 절레절레 저으며 입을 삐쭉거렸다. 평소에도 예쁜 여학생이나 강사들에게 추파를 던지는 걸로 유명한 김 교수였기에 제법 익숙해질 때도 되었지만 중요한 프로젝트의 실험을 앞두고도 본색을 감추지 못하는 김 교수를 보며 다들 한숨을 쉬고 있었다.

헬멧을 받아 든 김 교수가 실험실로 들어가자 뒤늦게 조종실에 들어와 지켜보고 있던 의료팀 최 교수가 짜증이 올라오는 것을 참으며 실험실에 연결된 마이크를 켜고 말했다.

"김 교수님. 헬멧 착용 담당이 따로 있는데 교수님이 대신해서 직접 들어가실 필요는 없으셨을 텐데요."

"내가 꼼꼼하게 착용 시켜 드리려는 게 뭐 잘못인가? 이게다 내가 만든 내 작품인데 말이야."

의자에 앉아있는 지선과 눈이 마주친 김 교수가 자신의 연구 성과로 만들어진 장치인 것을 한껏 강조라도 하듯이 말하고는 미소를 지으며 지선의 머리에 헬멧을 씌워주었다. 그런 김 교수에게 어색하게 웃어 보이며, 조금은 부담스러운 듯 불편해하는 지선을 두고, 김 교수는 다듬을 것 없는 애꿎은 헬멧만 괜히 머리에 맞추는 시늉을 하고 있었다.

"김 교수님. 보호자 이젠 다 착용되신 것 같은데 그만 나오세요. 실험 진행합시다."

"여기 지선 씨가 두상이 조막만 해서는 센서 접촉이 잘 될까 모르겠네."

"사전 테스트 때 센서 접촉 정상적으로 되는 거 확인되었습니다."

딱딱한 얼굴의 조교가 말하자 핑곗거리가 사라진 김 교수는 조교를 흘겨보며 실험실을 나왔다.

헬멧을 착용한 지선은 실험 진행을 기다리며 호흡을 가다듬었다. 실험실에서는 병원 특유의 냄새가 나지 않아서 좋았다. 병원의 소독약 냄새를 무서워하는 사람도 있다지만 지선은 병원 냄새를 맡으면 왠지 모르게 무섭다기보다는 왠지 화가 났다. 그건 아마도 어려서부터 몸이 건강하지 못해 지겹도록 병원을 전전했던 탓일지도 모른다. 그래서 병원은 기분 나쁜 일이 생기는 곳이라는 선입견을 품고 있기도 했었다. 지선은 고개를 돌려 침대에 누워있는 엄마를 바라보았다. 남편도 없이 자신을 홀로 키워낸 대단한 사람이었다. 갖은 고생을

다 하고서 이제야 살만하다 싶을 때가 되어서 자꾸만 건망증이 늘어나던 엄마는 알츠하이머 진단을 받았다. 그렇게 하루가 다르게 기억을 잃어가던 엄마는 점점 돌발행동과 지선이 감당할 수 없는 폭력적인 행동을 보이기도 하는 중증 환자가 되어갔고, 어느 날 건널목을 건너다 교통사고로 쓰러진 뒤에는 의식을 되찾지 못하고 코마 상태에 빠져버렸다. 1년여의 세월 동안 엄마를 보살피던 지선은 그런 엄마의 의식으로 들어가 다시금 엄마를 만나고 싶어 프로젝트에 지원했다. 치매에 빠진 엄마가 자신을 알아보지도 못하고 코마에서도 깨어나지 못한 채 그대로 영원히 떠나버릴지도 모른다고 생각했던 시간 동안 가슴에 맺혀있던 커다란 돌덩이 같은 답답함이 실험을 통해 조금은 나아질지도 모른다는 바람 때문이었다. 훗날 엄마가 의식을 찾는다고 해도 알츠하이머가 삼켜버린 기억 잃은 엄마로 깨어나겠지만, 실험을 통해서라면 온전한 기억의 엄마가 저 너머에 자신을 기다리고 있을지도 모른다는 기대도 조금은 있었다.

"지선 씨. 마음 편하게 가지시고요. 겨우 10분이고 그 안에 돌발상황이 생겨도 지선 씨는 안전하다는 것만 기억하시면 됩니다. 지선 씨가 보는 건 그저 어머니의 꿈을 들여다보는 것 같은 거니까요."

"네."

마이크를 통해 전달되는 최 교수의 말에 지선은 나지막하게 대답했다. 그리고 이어지는 카운트다운을 들으며 지선은 마치 검은 터널 속으로 자신의 모든 감각과 몸이 부서지면서 빨려 들어가는 것처럼 느껴졌다.

어느새인가 지선은 아무것도 보이지 않는 지독한 안개 속에 서 있었다. 언제부터 자신이 이곳에 서 있었는지 기억이 나지 않았다. 한 치 앞도 보이지 않는 안개 속에서 사람들의 소리가 다가오다 흩어지기를 반복했다. 익숙한 목소리도 있었고 어디선가 들어 본 것 같은 내용이 안개 너머로 들려오다가 사라지기도 했다. 지선은 자신에게 집중하기 시작했다. 이곳은 알츠하이머를 앓고 있는 엄마의 의식이었다. 모든 것은 희뿌연 안개와 연기로 덮여있고, 가끔 익숙한 목소리가 귓가를 스쳐 지나갈 뿐이었다. 어디로 가야 할지 무얼 해야 할지도 가늠이 되지를 않았다. 당혹스러운 상황에 빠질 수도 있다는 최 교수의 설명이 떠올랐다. 지선은 지금이 바로 그 상황이 실험의 시작부터 진행될 거라고는 생각 못했기에 무엇을 어찌할지 정하지도 못하고 있었다. 순간 무언가 안개 속에서 슬며시 나타나 지선의 손을 잡았다. 현실이었다면 깜짝 놀라 뿌리쳤겠지만, 지선이 느끼는 감정은 아주 작고 친근한 느낌이었다. 지선은 시선을 아래로 내려보았다. 예닐곱 살 정도로 보이는 여자아이가 지선의 손을 잡고는 빙긋이 웃으면서 올려다보고 있었다.

"언닌 누구야?"

엄마의 의식 속에 들어와 처음 만난 그 아이는 지선을 보고 누군지 몰랐지만, 지선은 그 아이를 알고 있었다. 엄마의 기억을 붙잡기 위해 수십 번을 반복해서 엄마와 함께 보았던 앨범에 있던 흑백사진 속 어릴 적 엄마의 모습이었다. 앨범을 함께 봤던 기억이 잔상처럼 남아서 자신에게 말을 거는 건지 아니면 정말 어린 시절의 엄마가 자신에게 다가온 건지 지선은 알 수 없었다. 하지만 그런 걸 하나하나 신경 쓰고 싶지는 않았다. 비록 실험을 통해서지만 엄마의 온전한 기억 일부를 만난 거였기 때문이었다.

"응. 나는 지선이야."

"난 서현인데."

"응. 알아. 너 이름이 정서현이지?"

"어? 어떻게 알아요?"

어린 서현은 눈을 동그랗게 뜨며 놀라워했다.

"난 아는 게 많거든."

"우와."

거짓말이라고는 모를 것 같은 순수한 표정으로 어린 서현이 감탄했다.

"서현이 너희 집 앞에 냇가에서 가재 잡다가 손가락 물려서 막 울고 그랬지?"

"와 진짜네. 언니 아는 거 아주 많다."

'그 집 그 냇가에서 동생인 서일이가 죽을 거야. 그래도 그

땐 너무 슬퍼하지 마. 그 일은 엄마 잘못이 아니니까.'

지선은 엄마가 평생을 가슴 아파했던 사실 하나를 알려주고픈 마음이 새어 나오는 걸 간신히 참아냈다. 지금 이곳은 그저 엄마의 멈춰있는 기억일 뿐이고 과거는 바뀌지 않기 때문이었다. 자신은 그저 여행객처럼 엄마의 기억을 둘러보러 온 것뿐이라고 생각했다. 그때 뿌연 안개 저 너머가 어두워지면서 검은 먹구름 같은 암흑이 안개를 물들이며 다가오는 게 보였다.

"언니. 빨리빨리. 도망쳐야 해"

어린 서현이 그 먹구름을 보더니 깜짝 놀라며 지선의 손을 낚아채듯이 잡아채고는 어둠의 반대 방향으로 달리기 시작했다.

"왜? 왜 도망치는 건데?"

어린 서현에게 이끌려 도망치며 지선이 묻자, 어린 서현이 숨 하나 헐떡거리지 않고 달리면서 말했다.

"까만 귀신이 안개 속에서 나타나면 사람들을 막 잡아먹어. 집도 삼켜버리고 나무도 삼켜서 없애버려. 빨리 도망쳐야 해. 지선아. 어서 여기서 뛰어. 빨리 뛰어내려야 해."

지선이 어린 서현에게서 들리는 어른의 목소리에 멈춰 선 곳은 까마득하게 끝이 보이지 않는 낭떠러지였다. 지선이 아래를 내려다보는 순간 소름이 돋아 아찔한 느낌으로 쓰러질 뻔했지만, 이내 마음을 진정시켰다.

'이건 꿈이야. 아무것도 나한테 해를 끼치지 않아.'

"지선아, 어서 뛰어야 해!"

지선은 어린 서현을 바라보았다. 그러자 어느새 어린 서현은 사라진 상태였고, 젊은 시절의 엄마가 지선의 손을 잡고 있었다. 갓 서른이나 되었을까. 지선은 또래만큼이나 젊은 나이의 엄마를 보면서 현재 자신이 처한 상황이 위험하다는 생각보다는 우리 엄마 참 고왔었네 하는 생각이 들었다.

"지선아, 겁내지 마. 엄마가 지켜줄게. 우리 아기 잘 참을 수 있지?"

지선이 절벽을 앞에 두고는 굳은 채로 움직이지 못하자, 엄마가 절벽 앞에서 지선을 번쩍 안아 들었다. 엄마가 성장한 자신을 못 안을 터라는 생각을 하던 지선은 자기 몸이 줄어들어 갓난아기만큼 작아지면서 엄마의 품에 그것도 한 손에 안긴 채로 있다는 사실에 놀라고 있었다. 엄마는 지선을 안고 비장한 얼굴로 절벽을 힘차게 뛰어 한참을 날듯이 움직여 건너편 땅에 착지했다. 아무런 진동조차 느껴지지 않는 평온한 착지였다. 엄마의 어깨너머로 바라보는 절벽 건너편은 안갯속에서도 확연하게 구분이 될 만큼 새까만 공간으로 변해버렸다. 이 모든 건 꿈이기에 가능한 거라고 지선이 생각할 때 갑자기 젊은 시절의 엄마가 지선을 잡아 흔들었다. 그러자 지선은 다시 원래의 모습으로 돌아왔는데, 그런 지선에게 엄마는 들릴 듯 말 듯 하게 말했다.

"지선아. 어서 돌아가!"

지선은 그 말을 듣자, 가슴이 철렁 내려앉는 느낌이 들었다. 알츠하이머로 기억을 잃었던 엄마가 평상시, 마치 무언가 눈에 보이기라도 하는 것처럼 자신을 물끄러미 바라볼 때마다 했던 그 말이었다.

♥

"어서 중지시켜! 어서!"

김 교수가 지선을 지켜보다가 갑자기 팀원들에게 실험 중지 명령을 내렸다. 급하게 조교가 장치를 작동시키자, 의자에 기대어 앉아있던 지선의 몸이 크게 한번 들썩거렸다.

"야! 김 교수! 시간 아직 안 됐어! 환자랑 보호자 바이털 사인 아무 이상 없는데 지금 뭐 하는 거야!"

김 교수의 돌발행동에 참을 만큼 참아왔던 최 교수가 다른 직원들이 있다는 것도 잊어버린 채 소리를 질렀다. 늘 신사적이고 조용하던 최 교수의 낯선 행동에 의료팀은 물론 기계팀까지도 놀라서 숨죽은 듯이 두 사람의 눈치만 살피고 있었다.

"바이털 사인이 문제가 아니라 우리 지선 씨한테서 이상한 뇌파가 흘러나왔어! 동시에 일치율이 갑자기 떨어지기도 해서 내가 가진 권한으로 실험을 중지시킨 건데 뭐가 잘못이라는 거야! 지선 씨 잘못되면 최 교수 네가 책임질 거야?"

다들 아무 말도 안 하고 있었지만 모두 머릿속으로는 '우리 지선 씨'라는 단어를 떠올리고 있었다. 전도유망한 프로젝트라고 들었고, 성공한다면 노벨상도 가능할 수도 있다는 이야기가 오르내리던 실험이었다. 하지만 프로젝트를 이끌어가는 두 팀장이 극명하게 사사건건 부딪칠 때마다 팀원들은 살얼음판을 걷는 기분이었다. 김 교수의 팀원들조차 김 교수가 굳이 무리해서까지 필요 이상으로 과민반응을 보이는 거에 한숨을 쉬고 있었다.

"보호자가 이상 반응을 보이면 자동으로 실험 중지되고 의식은 자동 회수된다고 네가 그렇게 될 거라고 말했잖아. 그럼 당연히 더 지켜봐야 할 거 아냐!"

"그거야 다 예상할 수 있는 범위에서 이상 반응을 말하는 거지. 이렇게 처음 보는 이상 반응을 그냥 지켜보고만 있는 건 무책임한 거지. 사람을 두고 실험하는데 안전이 우선 아냐? 실험은 당연히 멈춰야지!"

두 사람이 언성을 높이며 삭막한 분위기를 몰아가는 동안, 당사자인 지선은 잠깐의 테스트였음에도 한층 무겁게 느껴지는 몸을 일으키고는 두 손으로 얼굴을 감싸 안고 심호흡하고 있었다.

"실험 B 보호자 의식 돌아왔습니다."

모니터링을 하던 조교가 말하자, 삿대질하며 감정적으로

싸우던 두 사람이 잠시 숨을 돌리며 지선을 바라보았다.

"지선 씨 별일 없는 거죠? 실험 도중에 이상이 생겨서 제가 중지시켰습니다."

김 교수가 조교에게서 마이크를 빼앗다시피 해서는 말했다.

"신체적으로는 아무 문제가 없으셨으니까 걱정하지 않으셔도 됩니다."

김 교수가 들고 있는 마이크에 대고 최 교수가 다가와 말했다.

"일단은 잠시 쉬시고요. 실험에 대한 자세한 내용은 인터뷰실로 옮기셔서 말씀하시면 되니까 천천히 몸 추스르세요."

말을 마친 최 교수가 김 교수를 답답하다는 듯이 쳐다보고는 돌아갔지만, 김 교수는 아랑곳하지 않고 실험실의 지선을 향해 나긋하게 말했다.

"첫 실험이라 매우 힘드셨을 겁니다. 의식 송출이란 게 보는 것처럼 그저 누워있다고만 해서 되는 게 아니거든요. 아주 많은 신체 에너지를 소비하는 걸로 결과가 나와 있어요. 심리적으로도 아주 힘드시겠지만…."

김 교수가 말하는 도중에 도움을 받아 헬멧을 제거한 지선이 더는 듣지 않고 일어나 실험실을 나갔다.

"어? 지선 씨? 지선 씨? 막내야. 거기 안 들리냐?"

실험실 안의 헬멧 담당은 김 교수가 부르는데도 묵묵히 헬멧만 정리하고 있었다. 김 교수가 들고 있던 마이크를 보더니, 전원이 내려져 있는 걸 확인했다. 최 교수가 나가기 전에 전원을 꺼버린 모양이었다.

"아 이 여우 같은 놈…."

김 교수는 인터뷰실에 들어오고부터 불만스러운 표정으로 계속해서 팔짱을 낀 채로 최 교수만 뚫어지게 바라보고 있었다.

"그러니까 예전 모습이라고는 해도 어머님을 만나시긴 한 거죠?"

최 교수는 지선의 겪은 실험 내용을 들으며 내용을 정리하고 있었다.

"네. 안개 속에서 아무것도 안 보였는데 거기서 어린 엄마를 만났어요. 사진으로 봤던 모습 그대로고요."

"그럼 어린 시절의 어머니와 대화는 많이 나누셨나요?"

"아뇨. 마치 공포영화처럼 무언가 검은 형체의 것들이 쫓아와서 엄마랑 저는 도망치기 시작했거든요."

"그 어린 어머님이 지선 씨를 알아보시던가요?"

"아뇨. 모르는 것 같았어요. 위험하다고 해서 도망치다가 절벽에 도착하고 거기서는 어린 엄마가 아니라 젊은 시절의 엄마로 변해서 저를 안고 절벽을 뛰어넘으셨어요."

"그때 크게 놀라신 건가 보네요."

최 교수는 김 교수가 말했던 이상 뇌파의 발현 시점을 그때로 짐작하고는 말했다.

"아뇨. 그때는 놀라지 않았어요. 신기하다고 해야 하나. 그런 거 있잖아요. 꿈에서 점프하면 현실과는 다르게 엄청나게 도약하거나 마치 하늘을 날아가는 것 같은 그런 느낌이었어요. 엄마 품에서 아주 안전하다는 느낌?"

"그럼, 지선 씨는 어느 시점에서 놀라신 걸까요?"

대답을 기다리며 최 교수는 지선을 바라보았다. 아름다운 얼굴이었다. 가느다란 목덜미를 따라 살짝 드러난 쇄골까지 이어진 곡선이 눈에 들어왔다. 지선이 그런 최 교수의 시선을 의식했는지 옷깃을 조금 고쳐잡고서는 보일 듯 말 듯한 눈웃음을 지어 보이는 것 같았다. 최 교수는 그런 지선의 모습에서 눈길을 떼며 자신이 의식적으로 쳐다보지 않았던 것 같은 시늉을 했다.

"엄마가 교통사고가 나시기 전에 치매가 심해지셨을 때, 멍하니 계시다가도 간혹 저를 마주치면 갑자기 흥분하셔서 돌아가라고 저를 밀치고 소리를 지르셨어요. 매번 그러셨거든요. 그게 궁금하기는 했어요. 대체 어디로 가라고 그렇게 소리를 지르신 건지…. 그런데 아까 실험 도중에 엄마가 저한테 말했어요. 돌아가라고. 마치 엄마의 의식 속으로 제가 들어왔다는 걸 알고 돌아가라고 말하는 것 같았어요."

지선의 말에 최 교수는 지선이 혹시나 오해할까봐 표정에 신경을 써 웃으면서 고개를 저었다.

"당연히 그렇게 생각하실 수도 있겠네요. 하지만 그렇지 않습니다. 여기서 중요한 건 어머님이 알츠하이머를 앓고 계신다는 겁니다. 알츠하이머는 뇌 속에서 기억을 담당하는 해마의 연결고리가 끊어지면서 사라지는 병이죠. 어머님의 의식 속에서 지선 씨가 경험한 걸 떠올려 보세요. 어머님이 무엇으로부터 도망치려고 하시는 걸까요? 말씀하셨던 그 검은 형체라는 게 무얼 뜻하는 걸까요?"

"알츠하이머…?"

"그렇죠? 알츠하이머라는 질병을 어머니는 자신의 세계에서 그렇게 표현하고 계신 것 같네요. 그렇게 생각할 수밖에 없을 것 같아요. 게다가 어머님은 기억을 잃지 않으시려고 계속해서 버티고 계신 걸로 보이네요. 절대 잃어버리고 싶지 않은 지켜야만 할 무언가가 있으신 거겠죠. 하나뿐인 자식처럼요."

지선은 최 교수의 말을 들으며 생각에 잠겼다. 엄마가 아직 자신을 기억하고 있다는 것인지, 게다가 엄마가 잃어버리지 않으려 하는 게 그저 기억인지 아니면 다른 무엇인지 생각하고 있는데 잠자코 있던 김 교수가 말을 꺼냈다.

"왜 어머님이 돌아가라고 하셨던 걸까요?"

"저도 그게 궁금해요."

지선은 김 교수의 말에 문득 정신이 들었다. 늘 궁금했던 그 말을 다시 듣고 미처 물어볼 겨를도 없이 실험이 중지되어

깨어났었기에 도대체 왜 그 말을 엄마가 반복하는 건지 궁금했었다.

"김 교수님은 제발 담당업무 인터뷰만 하시죠."

최 교수가 말을 가로막았지만, 김 교수는 개의치 않고 말을 이어 나갔다.

"코마에 들어가시기 전부터 하시던 말씀이라고 하셨죠? 혹시 어머님이 진짜 지선 씨가 어머님의 의식 속으로 들어왔다는 걸 알고 계셨던 게 아닐까요? 그래서 돌아가라고 하시는…."

"김 교수. 그런 개인적인 추측은 아무런 도움이 안 되니까. 제발. 조용히 좀."

"코마 환자가 현실을 인식하기도 하나요?"

지선이 최 교수에게 물었다. 최 교수는 분명 아니라고 했지만, 혹시 김 교수의 말대로 당연히 그럴 수도 있지 않을까 하는 생각이 여전히 들었기 때문이었다.

"임상 사례로는 물론 그런 경우가 있어요. 하지만 그런 경우가 있었다고 해서 누구에게나 가능성이 있는 건 아닙니다. 그건 로또를 맞은 사람이 당첨된 날에 동시에 벼락도 맞을 확률에 가까워요."

"그럼 어쨌든 가능성은 있다는 거네."

김 교수가 말하자, 최 교수의 얼굴이 붉어지고 있었다.

"내가 지금 그런 의도로 말하는 게 아니잖아."

"희박하다고는 해도 가능성이 있다면 모든 가능성을 다 타진해봐야지. 어떻게 확률로만 이야기를 해?"

최 교수는 김 교수와 더는 말을 섞고 싶지 않은 듯한 표정으로 선을 그으며 말했다.

"어찌 되었든 지선 씨가 앞으로도 실험을 계속 진행하시면서 그 궁금하신 점을 하나씩 알아갈 수 있지 않을까요?"

최 교수의 정신의학과 입장에서는 알츠하이머 환자라는 특이케이스에 대한 실험분석이 정신과 분야에서 굉장한 소득을 가져다줄지도 모른다는 생각 때문에라도 실험을 이어 가야 했다.

"전 실험을 계속 진행하는 거 반대입니다."

"네? 김 교수님이 반대하신다고요?"

장치를 만든 김 교수가 오히려 반대하자 지선이 뜻밖이라는 듯이 물었다.

"네. 물론 일시적인 반대를 하는 겁니다. 모니터링 도중에 처음 보는 현상이 발견됐거든요."

최 교수는 김 교수가 평소에도 티격태격하기는 했지만 이번 케이스에서는 의도적으로 자신의 화를 돋구기 위해 계속해서 끼어드는 거라고 확신했다. 어찌 되었든 자신이 걸려들지만 않으면 되는 거고, 그저 상대가 어떻게 나오는지 지켜보자고만 생각하고 있었다.

"단순한 기계오류일 수도 있겠지만, 일단 원인을 확인할 때까지만이라도 실험 참가를 보류하시죠. 우리가 하려는 건 모험이 아니라 실험이니까요."

김 교수의 말은 그저 지선의 실험케이스에만 적용되는 말이 아니라 다른 실험 참가자에게까지 영향을 줄 수 있는 심각한 말이었다. 김 교수의 말대로 모든 실험을 멈추고 기계의 이상 여부를 확인한다면 자칫하면 무기한 실험이 지연될 수도 있었다. 프로젝트가 멈춰버리는 상태가 된다고 생각하니 최 교수는 후원사로부터 받았던 무언의 압박이 떠올랐다. 빠른 시일 내에 성과를 거두어 달라는 압박은 다른 프로젝트도 마찬가지겠지만 상상을 초월하는 금액을 후원받으며 치러야 할 대가라도 지연되거나 실패했을 때 발생할 후폭풍을 감당하기는 어려울 것 같았다. 자신이 왜 이 프로젝트에 발을 담근 것인지 후회되는 두 번째 순간이었다. 하지만 한국 최고의 의료진이 대기하고 있는데 이보다 더 안전한 곳이 어디 있을까 하는 데에 생각이 미치자 최 교수는 실험을 그대로 진행하게 해도 된다는 자신감이 생겼다.

"기계의 안전성 여부는 이미 사전 테스트를 통해 검증되었던 것 아닌가요?"

"그렇지만 새로운 변수가 발생했으니까…."

"새로운 변수가 발생했으니까 멈춰야 하는 게 아니라 변수를 고려하고 진행해야 하는 거죠. 여기 지선 씨의 경우 다 아시다시피 어머님의 기억이 하루가 다르게 사라져 가고 있습니다. 마냥 실험을 미룰 수만은 없다는 이야기죠."

김 교수는 뭐라 반박을 하려다가 지선을 보면서 씁쓸한 표정을 지으며 말했다.

"선택은 지선 씨가 하세요. 최 교수 말대로 그냥 진행해도 괜찮을 수도 있죠. 우리나라 최고의 의료진이 현장에서 대기하고 있으니, 어머님이나 지선 씨가 혹시라도 잘못될 걱정은 안 하셔도 될 겁니다."

지선은 이제껏 김 교수가 진지하게 말하는 모습을 오늘에서야 처음 봤다. 늘 끈적거리고 부담스럽게 달라붙으며 말하던 사람이라도 자신의 전문 분야에서는 저런 모습을 보이는 때도 있구나 하는 생각이 들었다.

"걱정해주시는 것 감사합니다. 그래도 저는 엄마의 남아있는 시간이 얼마나 될지도 모르기 때문에, 설령 위험하다고 해도 다 감수하고 실험을 진행하고 싶습니다."

김 교수는 고개를 끄덕이며 이해한다는 표정을 짓고는 최 교수를 향해 검지로 가리키더니 엄지를 들어 올려 보이며 인터뷰실을 나갔다.

"김 교수님이 제가 계속 실험하겠다고 해서 저 때문에 화나신 건 아닐까요?"

지선의 질문에 최 교수는 고개를 저었다.

"그렇지는 않을 겁니다. 저 사람이 그래도 말이 잘 통하는 그런 사람이었는데, 이 기계장치 개발할 때부터 좀 이상해졌다고 하긴 하더라고요. 한쪽에 너무 몰두해서 뭐가 잘못된 건 아닌가 싶기도 했는데, 꼭 그런 것만은 아닌 것 같습니다. 사람을 걱정하는 걸 보니 정상적으로 행동하기는 하네요. 김 교수 말대로 다른 걱정하실 것 없이 이후에도 실험에 집중하시면 됩니다. 저희가 모든 상황을 지켜보고 있으니까요."

"네. 감사합니다."

지선은 인사를 마치고 일어섰다. 하지만 최 교수는 이제까지와는 달리 무언가 할 말이 남아있는 사람처럼 입술을 몇 차례 깨물며 망설이다가 말했다.

"직장생활 하시면서 실험까지 참여하시기에 힘드시진 않나요? 다른 참여자분이야 프로젝트를 후원하는 그룹에서 자사 홍보를 위해 직원 가운데에 대상자가 있어서 선발한 거라…."

"아 그분 순애보 들어봤어요. 약혼녀가 6년이나 그렇게 깨어나지 못하는 건 안타깝지만, 그런 사랑을 받는다는 건 부럽던데요."

"그렇죠. 그분이 실제로 착하시기도 합니다."

"저는 그렇게 착하지는 않지만, 엄마를 위한 일이라서 힘들다고 생각한 적은 없어요."

"아…. 그렇죠…."

최 교수는 무언가 아직 할 말이 남아 있었지만 차마 말을 꺼내지 못하고 있었다. 지선은 그런 최 교수를 잠시 지켜보다가 가볍게 눈인사를 남기고 인터뷰실을 나갔다. 지선이 나가고 혼자 남게 된 최 교수는 고개를 절레절레 흔들고는 뺨을 몇 차례 스스로 두드렸다. 입을 맴돌기만 할 뿐 끝내 말하지 못한 내용을 다시 속으로 삼키기가 너무나 어려웠지만, 갑자기 울리는 휴대폰 벨 소리에 자신도 모르게 정신을 차리고 있었다.

"응. 여보. 나? 실험 끝나고 인터뷰하고 있었지. 왜? 응. 응. 장모님 모시고? 그래 다녀와. 장모님 좋아하시겠네. 그런데 애들까지 같이 가면 안 힘들겠어? 응 그래. 그러면 되겠네. 운전 조심하고. 그래 저녁 때 봐."

아내와 통화를 마친 최 교수는 긴장이 풀린 듯 눈을 감고 의자에 기대어 누웠다. 인터뷰실의 문을 살짝 열어 들여다보던 연구원 두 명이 쉬고 있는 듯한 최 교수의 모습을 보고는 조용히 문을 닫았다. 두 사람은 프로젝트의 막내들이었다.

"김 교수님 안에 없지?"

"진짜 없네."

"거봐. 내가 없을 거라고 했지? 만원 내놔."

한 사람이 주머니에서 만원을 꺼내 건넸다.

"김 교수님 없을 거란 거 어떻게 알았어?"

돈을 챙겨서 주머니에 넣던 사람이 동료의 질문에 당연한 걸 묻는다는 듯이 피식 웃고는 대답했다.

"그거야 다음 실험에 젊은 여자가 없잖아. 아줌마랑 남자애만 있으니까 김 교수님이 관심이 있을 리가 있나. 실험 두 개 하고 그냥 쨌 거지 뭐."

"그럼 이제 우린 어떻게 해? 실험 준비가 다 됐는데 김 교수님은 없고 최 교수님은 자고 있고…. 최 교수님만 깨워서 모시고 가?"

"그렇지 뭐. 어차피 둘이 있으면 싸움밖에 안 할 테니까 사람들도 김 교수님 안 계신 걸 더 좋아하긴 하겠다."

"그게 무슨 싸움이냐. 한쪽에서 일방적으로 행패 부리는 거지."

"너희는 교수님들 모시고 오라니까 왜 여기서 떠들고 있어?"

어느새 두 사람 뒤에 다가와 서 있던 조교가 무뚝뚝하게 말하자, 인기척을 느끼지 못했던 두 사람이 화들짝 놀랐다.

"선생님. 왔으면 사람이 있는 척을 해주세요. 놀랐잖아요."

조교는 대답 대신 질문을 했다.

"교수님들 안 계셔?"

"최 교수님은 계시는데…."

조교는 두 사람을 지나쳐 인터뷰실 문을 열고 안에서 쉬고 있던 최 교수에게 말했다.

"교수님 세 번째 실험 준비는 다 됐는데, 피곤하시면 좀 미룰까요?"

"아니야. 가봐야지. 지금 일어날게."

최 교수가 몸을 일으키는 모습을 확인한 조교는 문을 닫고 막내들에게 말했다.

"너희는 김 교수님 어디 계신지 알아보고 찾아서 모시고 와."

행정을 알 수 없는 김 교수를 찾아오라는 조교의 말에 두 사람은 맥없이 한숨을 쉬고는 대답했다.

"네."

"네."

♥

성훈은 실험센터의 로비 정문 앞에서 비가 부슬거리며 내리는 하늘을 바라보고 있었다. 오래전 그날처럼 비가 내리는 하늘이었다. 병실로 이동한 수영을 한참 동안 지켜보다가 나왔더니 비가 오고 있었다. 실험에 관한 생각에 빠져서 우산을 챙겨 나오는 걸 잊었다는 게 생각이 났다.

"안녕하세요?"

성훈은 옆에 다가와 인사를 하는 사람을 쳐다봤다. 두 번째 실험의 보호자인 지선이었다. 실험에 대한 사전교육을 함께 받으며 인사를 몇 번 주고받았기에 얼굴을 알고 있었다.

"아. 네. 안녕하세요."

성훈은 가볍게 눈인사하며 대답했다.

"실험 먼저 끝나셨을 텐데 아직 안 가셨네요."

"네. 병실로 옮기고 나서 좀 있다가 나왔습니다."

지선은 성훈의 말에 고개를 살짝 끄덕거리고는 물었다.

"실험하시면서 약혼자분은 만나셨어요?"

성훈은 심란한 마음 때문인지 지선과 말을 섞는 게 그리 편하지는 않았다. 하지만 지선 역시 코마 환자의 보호자였기에 궁금해하는 것이 당연할 수도 있겠다는 생각이 들었다.

"네. 만났습니다. 그쪽 어머님은 만나셨습니까?"

지선은 성훈의 대답이 딱딱하다고 생각했다. 말로써 경계를 치고 그 이상의 접근을 사전에 차단하는 느낌이었다.

"글쎄요. 만났다고 할 수나 있는 건지…."

성훈은 지선이 말끝을 흐리면서 말하는데도 고개를 끄덕였다. 자신이 경험한 것처럼 지선도 무언가 예상하지 못한 체험을 한 거라 짐작이 되었기 때문이었다.

"저희가 마음대로 할 수 있는 게 아무것도 없는 것 같습니다. 그래서 그럴 겁니다."

"네?"

굵어지는 빗소리에 성훈의 말이 제대로 들리지 않은 지선이 되물었다.

"우리 생각이 중요한 게 아니라는 말입니다."

"그렇겠죠? 처음부터 쉬운 건 없겠죠?"

지선은 성훈의 말을 들었지만, 딱히 공감이 가지는 않는 모양인지, 비를 쏟아붓는 것만 하늘을 올려다보며 말했다.

"아 오늘 같은 날. 비까지 오고 사람 참 심란하게 하네요. 혹시 오늘 약속 있으세요? 그쪽하고 술 한잔하면서 이야기나 같이하고 싶은데…."

"죄송합니다."

성훈은 고개를 짧게 숙이며 마치 들어서는 안 될 소리를 들은 것처럼 지선의 말이 채 끝나기도 전에 사과부터 내뱉었다. 무안해진 지선이 뭐라 할 말을 생각해내려 하는 동안 성훈은 빗속으로 성큼성큼 걸어 들어가더니 주차장을 지나 사라져 버렸다. 지선은 그 모습을 보며 어이없어하면서 고개를 갸웃 거리고는 들고 있던 우산을 펼쳤다.

❤

조교는 연구실에서 조종실로 향하는 최 교수의 뒤를 따라 갔다. 실험 준비를 마친 팀원들은 최 교수가 들어오자 자연스 럽게 실험을 진행했다.

"안녕하세요. 박경희 씨. 의료팀장 최재헌입니다. 지금부터 첫 번째 실험을 시작하려고 하는데 혹시 지금 많이 긴장되시 나요?"

"네. 심장이 너무 두근거려서…."

실험실에서 헬멧을 쓰고서는 의자에 앉아있는 여인이 바짝 마른 입술로 대답했다.

"네. 아드님을 만나실 기대 때문에 설레는 건 이해하지만, 지금 심전도 장치가 고장이 난 게 아닐지 싶을 만큼 너무 흥분된 상태로 보이거든요. 심호흡하시고 마음을 차분하게 가라앉혀 주세요. 심전도 수치가 정상이 되는 걸 확인 후에 실험 진행하겠습니다."

"네."

세 번째 실험 대상인 코마 환자 김선호가 헬멧이 씌워진 채로 환자용 침상에 누워있었다. 선호는 이제 갓 스물이 된 젊은 청년이었다. 2년 전 자살 시도에 실패한 이후로 의식을 잃고 코마 상태로 지내는 상태였다. 선호의 보호자이자 엄마인 경희는 최 교수의 말대로 심호흡하면서 두근거리는 마음을 진정시키기 위해 애썼다.

- 죽어드릴게요.

경희는 자신도 모르게 선호가 마지막으로 남겼던 말이 떠올라 머리를 가로저었다. 곧 실험이 시작되어 선호의 의식으로 들어간다는 생각에 긴장이 좀처럼 풀리지 않았다.

"보호자님. 머리 움직이시면 안 됩니다."

"네. 죄송합니다."

경희는 헬멧을 다시 조정하러 들어온 연구원에게 사과

했다. 하지만 마음과 다르게 귓가에는 여전히 선호의 목소리
가 들려오고 있었다.

- 엄마 말대로 전 실패한 인생이니까요.

- 저 같은 쓰레기가 뭘 어쩌겠어요.

경희는 선호의 목소리가 머릿속에 울리는 가운데에 눈물
이 주르륵 흘렀다. 선호는 어릴 적부터 천재라고 불렸던 아이
였다. 가르쳐 주는 사람도 없는데 혼자서 책을 보면서 두 살
에 한글을 스스로 깨쳤고 초등학교에 입학도 하기 전에 중학
교 과정 수학을 마친 아이였다. 그 번뜩임을 더 빛나게 해주
기 위해서 경희는 선호에게 당근과 채찍을 병행하며 교육했
지만, 어느 한계점에 이르렀을 때 선호는 지쳐 힘들어하게 되
었다. 하지만, 경희는 거기서 멈추게 되면 그동안 쌓아온 노
력이 물거품이 될지도 모른다는 조급함에 당근은 잊어버린
채 선호를 자극적으로 다그치기만 했었다. 선호는 조금씩 나
아가면서 동시에 마음 깊이 병들어 갔지만, 경희는 결과만을
보면서 자신의 방법이 옳다고 믿었기에 다그침은 점점 강도
가 심해졌다. 그러던 어느 날 선호는 자신을 실패자라고 부르
며 자살을 시도한 거였다.

"박경희 씨. 심전도 수치가 정상범위로 확인됩니다. 이제

실험 시작하겠습니다."

　한차례 눈물을 쏟아낸 경희는 한층 차분해진 얼굴로 실험에 들어갔다. 카운트다운과 함께 온몸에서 느껴지던 미세한 떨림과 감촉들이 빠르게 한데 묶이면서 어두운 터널 속으로 빨려 들어가듯이 순식간에 움직이고 있었다. 기나긴 어두운 터널 너머로 날아가 떨어진 경희가 주변을 둘러보았을 때 도착한 곳은 눈에는 익숙하면서도 왠지 낯설게 느껴지는 곳이었다. 그곳은 경희 자기 집이었고, 선호의 의식이 마치 연극 무대처럼 만들어 놓은 집의 모양이었다. 경희는 무언가에 이끌리듯 자신도 모르게 본능적으로 몸을 움직여 선호의 방문 앞에 도착했다.

　"선호야…. 엄마야…. 들어가도 되니…?"

　방안이 들여다보이지는 않지만 분명 방안에 선호가 있을 거라는 짐작이 들었다. 하지만 방 안에서는 아무 소리도 들리지 않았다. 경희는 들어가기 위해 방문 손잡이를 잡고 서서히 돌렸다. 하지만 손잡이는 안에서 잠가둔 것인지 꿈쩍도 하지 않았다.

　"선호야. 문 좀 열어봐."

　다급해진 경희가 문을 몇 차례 두드리다가 손잡이를 잡아 틀자, 손잡이가 부러지며 경희의 손에 들려졌다. 그러자 부서진 문손잡이를 기점으로 마치 파쇄기가 뱉어내는 잔여물처럼 집안 곳곳이 부서져 내리기 시작했다.

"선호야! 선호야!"

경희의 손에 들려있던 손잡이마저 가루가 되어 사라지자, 경희가 머물고 있던 공간은 암흑으로 변해버렸고, 경희에겐 멀리에서 빛나는 작은 공간이 눈에 들어왔다. 경희는 어둠으로 가득한 허공에 발을 디뎌가며 한 걸음씩 걸어서 그리로 다가갔다. 점점 커다랗게 빛나는 빛에 눈이 부셔 손을 눈썹에 올려 그늘을 만들고는 눈을 가느다랗게 뜨며 앞을 응시했다. 빛에 익숙해지자, 빛 안에서 움직이는 사람들이 희미하게 보이기 시작했다. 아이들이 모여 있었고 그 안에는 어린 시절의 선호가 있었다. 마당에서 공놀이하며 행복한 웃음을 짓고 있던 선호였다. 경희는 그런 선호의 웃음을 본 기억이 너무 오래되었다는 생각이 들었다. 평생을 저렇게 웃으며 여유 있게 살게 해주려고 저를 위해서 했던 일들인데, 왜 그런 엄마 마음을 몰라주고 그렇게 험한 생각을 했던 건지 그저 가슴이 아플 뿐이었다. 선호는 한창 장난기 있는 얼굴로 아빠가 던져주는 공을 잡으러 뛰어갈 때마다 무엇이 그리도 좋은지 깔깔대며 웃었다. 경희는 그 모습을 바라보며 행복했던 시절에 대한 그리움 때문인지 자신도 모르게 손을 내밀었다. 손끝은 서서히 빛으로 감싸져 있던 투명한 벽에 닿았다. 그러자 투명했던 벽이 마치 붉게 충혈된 눈처럼 손이 닿은 부분부터 핏줄기가 퍼져나가더니 온통 선혈로 뒤덮인 것처럼 시뻘겋게 물들어 갔다. 빛 안에 있던 어린 선호는 불안에 떠는 눈빛으로 주변을 둘러보다가 장벽 너머의 경희와 눈이 마주쳤다. 불안해 보이던 선호의 표정은 공포로 가득 차더니 당황하며 도망치듯 반대편으로 달려가면서 그 몸이 부서지며 사라졌다. 그렇게 경희의 손에 닿은 빛은 핏빛 어둠이 되어 가루로 변해버렸고 다시 경희의 주변은 어둠으로 채워졌다.

경희는 코마에 빠져있는 선호를 구할 수 있는 사람은 자신밖에 없다고 생각했다. 자꾸만 어둠 속으로 사라져 버리는 선호를 붙잡을 수만 있다면, 거기에다가 이야기만 할 수 있다면 충분히 선호는 돌아올 수 있다고 믿고 있었다. 어둠 속에서 정처 없이 떠돌아다니던 경희는 또 멀리 보이는 빛을 찾아내고는 달려가기 시작했다. 이번에도 눈부시게 빛나는 투명 장벽 안은 여전히 어린 선호의 방을 보여주고 있었다. 무심코 손을 내밀던 경희는 방금 겪은 일을 떠올리고는 멈칫할 수밖에 없었다. 장벽 안 아무도 없는 방에서 선호는 침대에 엎드려 머리까지 이불을 뒤집어서 쓰고는 휴대폰 불빛으로 책을 읽고 있었다. 경희는 선호가 종종 잠을 자지 않고 몰래 책을 읽고 있어서 혼을 냈던 기억이 났다. 갑자기 방문이 열리자, 선호는 움찔하더니 휴대폰 불빛을 가리고 자는 시늉을 하고 있었다.

"선호야. 엄마 보면 혼나니까 조금만 보고자라. 알았지?"

덮고 있던 이불을 빼꼼 내려 아빠를 확인한 선호가 씩 웃으며 고개를 끄덕이고는 다시 책을 펼쳤다. 경희는 자신의 기억에는 존재하지 않던 상황이었기에, 자신만 모르게 두 사람이 저런 적이 있었나 싶기도 했다. 그러다 문득 자신이 지금 말을 건다면 선호가 분명 들을 수 있을 것이라는 생각을 들었다.

"선호야…. 선호야…."

조심스럽게 부르기는 했지만, 어린 선호는 엄마의 목소리가 들리지 않을 만치 집중해서 책을 보는 것 같았다. 경희는 목소리를 좀 더 키워봤다.

"선호야…. 엄마야."

책을 읽던 선호는 엄마라는 소리에 움찔하면서 마치 죽은 사람처럼 멈춰버렸다.

"선호야…."

"오지 마…."

선호가 들릴 듯 말 듯 한 소리로 웅얼거리듯 말했다. 선호의 방이 또다시 조각나며 먼지처럼 날아가기 시작했다. 또다시 선호를 놓치게 될까 봐 경희는 마음이 다급해졌다.

"선호야!"

"오지 말라고!"

이불을 확 젖히며 일어난 선호는 어린 선호가 아니었다. 자살을 시도했던 성장한 선호의 모습이었다. 빠르게 부서지며 사라져가는 방에서 선호는 눈에 핏발이 서 있는 모습으로 울부짖듯이 침대에서 내려와 경희가 있는 쪽으로 달려오며 소리를 질렀다.

"나한테! 오지 말라고!"

"환자의 심박이 빨라지고 있습니다. 경련…. 경련이 발생했습니다."

선호의 바이털 사인을 확인하던 의료담당이 다급하게 말했다.

"이게 뭐지?"

"모니터에…. 모니터에…. 뭐가 잡혔습니다!"

경희의 뇌파에 연결된 모니터를 확인하던 공학팀 담당도 동시에 소리쳤다. 뇌파를 출력하던 모니터에는 화면이 비틀어지면서 사람의 얼굴로 보이는 형태가 나타났다. 그건 사람으로 보이는 무언가가 고통스럽게 절규하는 것만 같은 모습이었다.

"실험 중지해."

어느새 들어와 있었는지도 모르게 한쪽에 있던 김 교수가 모니터를 들여다보면서 조용히 말했다.

"중지하지 마!"

최 교수가 벌떡 일어서며 말했다.

"지금 코마 환자가 신체 반응을 일으키고 있어! 실험이 신체에 자극이 되고 있다는 거고, 분명히 무슨 일이든 일어날 거야! 계속 진행해야 해!"

"멈추라고. 지금 저 모니터 안 보여? 저게 자극이야? 저 환자 괴로워하는 거 안 보이냐고!"

모니터를 바라보던 조교가 잠시 멈칫거리며 망설이다가 비상 장치를 작동시켰다. 그러자 빠르게 의식이 돌아온 경희의 몸이 들썩이면서 움직이더니 힘든 기색으로 눈을 떴다. 실험이 두 번씩이나 강제로 종료되자 최 교수는 화난 표정으로 김 교수와 말도 섞지 않은 채 조종실을 나가버렸다. 김 교수는 비상 장치를 작동시키고 후회하는 표정을 짓고 있는 조교에게 다가가 어깨를 두드려 격려해 주고는 말했다.

"너희들이 잘못한 거 없으니까 쫄지마. 실험 오늘 하루만 하고 말 거야? 우리가 지금 생쥐로 테스트하고 있냐? 사람이랑 하는 실험이잖아. 코마 환자는 감정 없어? 너희는 이게 행복해 보이는 표정이냐?"

김 교수는 모니터를 움직여 고통스러워하는 표정이 나타나 있는 화면을 사람들에게 보여줬다. 김 교수의 말대로 화면 속 사람의 얼굴은 고통에 일그러진 모습이었다. 그리고 그 모습은 누가 보더라도 실험실에 누워있는 코마 환자인 선호의 얼굴로 보였다.

"의료팀도 코마 환자가 고통 속에서 깨어나길 바라는 거 아니지? 공돌이인 나도 안 그러는데. 지금 저 환자를 고통스럽게 해서 뭘 얻겠다는 거야. 최 교수한테는 내가 잘 얘기할 테니까. 쫄지들 말고 있어."

김 교수는 조종실을 나가려다 사람들을 돌아보면서 말

했다.

"저기 저 모니터 표정 봤지? 우리는 생체실험하는 게 아니라 사람에게 도움을 주려고 실험하는 거야. 내가 늘 말했지. 기계는?"

"거짓말을 하지 않는다."

"거짓말은?"

"사람이 하는 거다."

어느새 입에 붙었는지 의료팀도 몇몇이 기계팀의 구호를 따라 중얼거렸다. 김 교수는 피식 웃고는 최 교수를 찾아 조종실을 나섰다. 최 교수는 자신의 연구실에서 화를 삭이고 있었다. 코마 환자에게서 반응이 나타나는 뜻밖의 행운 같은 사례를 김 교수가 망쳐버렸다는 데 울화가 치밀었다. 어떤 방식으로 선호의 모친이 접근했는지 모르지만, 같은 상황이 다시 실험을 통해 나타나리라는 보장이 없기에 실험의 확실한 결과를 얻고 싶었던 거였다.

뭐라 대답할 겨를도 없이 노크 소리와 함께 김 교수가 문을 열고는 고개를 내밀고는 말했다.

"뭐 던지려면 지금 던져. 문으로 막게."

최 교수는 김 교수를 못 본척하며 자신의 모니터만 들여다보고 있었다. 모니터에 있는 건 실험실에서 보았던 선호의 얼굴을 닮은 일그러진 모습이었다.

"최 교수. 화 많이 났지?"

최 교수가 별다른 반응을 보이지 않자, 슬그머니 김 교수가 연구실로 들어왔다.

"우리가 알고 지낸 지가 얼만데 그런 거로 화를 내고 그래."

"실험을 두 번이나 엎어버리신 분이 하실 말씀이 맞는지 모르겠네요."

"에이 또 선 긋는다."

능글맞은 웃음을 지으며 다가온 김 교수는 최 교수 책상 앞에 놓인 소파에 앉았다.

"김 교수님 나가주시죠. 여기는 제 연구 공간입니다. 이곳에서까지 또 오지랖을 피우실 건 아니겠죠?"

"내 아들이야."

"…"

김 교수가 하는 뜬금없는 말을 이해하지 못한 최 교수가 멀뚱거리며 김 교수를 바라만 보고 있었다.

"또 뭔 소리를 하려고 그러는 건데."

최 교수가 영문을 몰라 물었다.

"여기 있는 이 화면에 있는 선호가 내 아들이라고."

김 교수가 모니터를 가리키며 말했다.

"환자 C? 김선호 환자? 왜?"

최 교수는 김 교수가 오래전 이혼을 했다는 건 알고 있었지만, 아들이 있다는 건 처음 듣는 소리였다. 게다가 그 아들이 실험 대상이라니. 갑작스러운 궁금증과 의아함이 몰려오자 최 교수는 밑도 끝도 없이 '왜'라고 자신도 모르게 말이 튀어나왔다.

"왜는 뭘 왜야. 내가 낳았으니까 내 아들인 거지. 얼굴 보면 딱 내 판박이구만."

최 교수는 김 교수의 말에 갑자기 심각한 표정을 지으며 말했다.

"가족을 실험 대상으로 진행했다는 거 문제가 될 수도 있는데 도대체 어떻게 한 거야. 후원사에서도 알게 되면 분명히 문제삼을 텐데 어쩌려고 그랬어?"

김 교수는 어떻게 그런 순진한 생각을 하고 있는지 안타깝다는 듯이 그 말에 고개를 저었다.

"설마 후원사가 그것도 모르고 진행하는 거로 생각하는 거야? 어차피 내 새끼 살려보려고 만든 장치인데 내가 아무런 대책도 없이 그냥 무턱대고 만들었을까? 내 새끼가 반드시 실험 대상이 되어야 하는데 어떻게 된 건지는 뻔히 예상되지 않아? 성훈 씨야 후원사가 홍보 효과를 노리고 선발해서 구색 갖추는 거고, 거기에다가 그 많은 의사 중에 왜 하필 네가 이 프로젝트에 추천되었을까 그런 생각은 안 해봤어?"

"그럼 내 연구 때문에 내가 추천된 게 아니라 네가 날 지명한 거야?"

고개를 끄덕인 김 교수는 큰 짐이라도 내려놓은 것처럼 크게 숨을 들이마시더니 길게 내뱉었다. 최 교수는 김 교수의 말을 듣고는 아직 이해가 가지 않는다는 표정으로 말했다.

"요한아."

최 교수가 느닷없이 이름을 부르자 김 교수는 고개를 저었다.

"아 진짜 이름 부르지 말라니까. 그 이름 때문에 내가 하고 싶은 것도 마음대로 못 하고 제약이 걸리는 게 얼마나 많은데…."

"넌 어려서부터 천재로 소문났고 난 그런 너 한번 따라잡아 보겠다고 피똥 싸면서 공부했어."

"새삼 꼰대처럼 옛날이야기야. 언제 얘기를…."

김 교수는 듣기 싫다는 표정으로 계속 딴청을 부렸지만, 최 교수의 말은 계속되었다.

"넌 아예 다른 차원에서 사는 놈처럼 날아다녔고 난 아무리 발악하고 뛰어도 네 뒤만 바라볼 뿐이고 그러다가 고등학교 때에야 한계를 느꼈어. 그래서 거기에 만족하고 보다시피 지금까지 평범하게 살아온 거야."

"뭔 소릴 하려고 그래. 나도 평범해."

"아니. 이 프로젝트가 나한테 제시됐을 때 프로젝트의 핵심이 네가 만든 장치라는 걸 듣고선 그제야 나도 늘 바라만 보던 네 세상에 발을 담그고 너랑 나란히 할 수 있겠다고 생각했어."

김 교수는 자신을 한없이 올려세우는 최 교수의 말이 부담스러웠다.

"야. 여기는 그냥 인간 세상이고 네가 한참 잘나가는 신경과 전문이니까 그래서 추천했어. 모르는 사람보다는 아는 놈이 같이 일하기는 편할 테니까."

"알아. 나 이용해도 좋다고 생각해서 온 거니까."

"아니라니까. 네 논문. 코마 환자에 대한 논문. 그거 읽고서 너라면 이 기계로 선호 깨워줄 수 있을 것 같다고 생각해서 한 거야. 내가 미쳤다고 능력 안 되는 놈을 추천했겠냐."

최 교수는 김 교수의 말을 듣자 버럭 다시 화를 내며 말했다.

"네 말대로 선호를 깨우려면 아까 더 진행하게 했어야지!"

김 교수는 화를 내는 최 교수에게 다시 한번 진정하라는 손짓을 하며 말했다.

"미안. 미안. 네가 기대하는 게 뭔지는 알겠는데, 난 모니터에 나타난 표정 보니까 거기서 더는 못하겠더라. 내 새끼 두 번 죽이는 짓 같아서…."

"난 아직도 이해를 못 하겠어. 선호가 아들이면 보호자인 박경희 씨가 와이프인 거야?"

"전처지. 그것도 아주 오래전…."

김 교수는 보일 듯 말듯 고개를 끄덕였다.

"왜 갑자기 중지하라고 하는지는 몰랐어. 진짜 저 인간이 작정하고 방해하는구나 싶었지."

"혹시나 해서 실험 안 보려고 일부러 피한 건데. 그게 또 어쩌다 보니까 내가 나도 모르게 가 있더라고."

"인터뷰는 어쩔 거야. 들어갈 거야?"

"뭔 소리야. 인터뷰해야지. 최 교수한테는 사정을 미리 말해줘야 할 것 같아서 찾아온 거야. 내가 먼저 가 있을게 천천히 와."

김 교수는 연구실을 나와 인터뷰실로 향했다. 될 수 있는 대로 경희를 만나고 싶지는 않았지만 어쩔 수 없이 마주쳐야 한다는 생각에 머리가 지끈거렸다. 인터뷰실에는 경희가 먼저 와서 기다리고 있었다. 김 교수는 경희와 눈이 마주치자, 말했다.

"고생했어."

"네가 멈추게 했다며?"

경희는 김 교수에게 쏘아대듯이 말했다.

"이따가 다른 사람 보는 데서도 그렇게 소갈머리 있게 말해라."

노려보며 쏘아대는 경희에 비해 되도록 시선을 마주치지 않고 있던 김 교수는 최대한 감정을 드러내지 않으며 말하고 있었다.

"선호는 내가 살린다고 했지! 넌 그냥 그 기계 만든 걸로 네 의무는 다한 거니까 방해하지 말고 빠져줬으면 좋겠어."

"내가 고작 당신이 선호 깨우는 거 방해하려고 저 기계를 만들어서 이 프로젝트를 추진했다는 거야? 이성적으로 생각해 봐. 아직도 당신은 피해의식 속에서 살고 있는 거야? 그리고 선호가 죽었냐? 살리게? 선호는 지금 자는 거….”

“내가 실험에서 선호 찾아서 잡아놨었고 끌고 나오기만 하면 되는 건데 네가 방해한 거야.”

“잡았지. 아주 잡을 뻔했지. 코마에 빠져서 의식불명인 애 머릿속까지 들어가서도 애를 아주 잡고 남을뻔했지.”

김 교수가 빈정거리듯 말하자, 경희는 분을 참지 못하고 목에 핏대를 세워가며 말했다.

“네가 봤어? 네가 봤냐고?”

최 교수가 문을 열고 들어온 건 그때였다. 최 교수를 의식한 경희가 흥분을 가라앉히고는 정중하게 일어나서 인사하자 최 교수도 정중하게 고개를 숙였다.

“최 교수한테는 선호가 내 아들이라는 얘기를 다 했으니까 여기서는 저랑 모르는 사이인 것처럼 연극 안 해도 됩니다. 박경희 씨.”

김 교수의 말에 최 교수는 난감해하는 표정으로 어색하게 웃음을 지었다. 경희는 김 교수를 쏘아보던 눈빛을 거두지 않고 최 교수를 향해 말했다.

“그러면 교수님. 단도직입적으로 말씀드릴게요. 이 사람 실험에서 제외해 주세요.”

“김 교수를요?”

최 교수는 경희의 말에 당황하는 표정을 지었지만, 김 교수는 그런 경희의 행동을 예상했는지 소파에 앉은 채로 눈을 지그시 감고는 아무런 반응도 보이지 않고 있었다.

"저도 의료팀한테 들었어요. 선호가 반응이 있었다면서요. 저 사람이 막지만 않았으면 제가 살렸을지도 모르는 거잖아요."

"물론 어머님이 말씀하신 대로 반응을 보인 건 사실이지만 그게 바로 선호가 깨어난다는 신호인지는 알 수 없습니다."

경희는 최 교수의 말을 들으며 문득 가재는 게 편이라고 해서 자신을 지지해 줄 사람이 이 자리에는 없을지도 모른다는 생각이 들었다.

"저는 저 사람이 계속 실험에 참여한다면 저는 실험을 거부하겠습니다."

경희는 실험에 임하는 데 있어서 자신이 주도권을 갖고 있다고 생각했는지 당당하게 말했다.

"어머님. 일단 이 자리는 조금 전 실험에 대해 리뷰 하는 자리입니다. 일단은 실험 과정에 관해 이야기해 주시고 나머지는 그다음에 이야기하시죠. 실험 내용은 처음부터 진행 상황을 자세하게 설명 부탁드립니다."

경희는 외면하고 있는 김 교수를 한번 경멸하듯이 흘겨보고는 최 교수를 향해 이야기를 시작했다.

"실험을 시작하고 처음에는 선호의 방이 나타났어요. 집에 있는 그대로 모습이었고, 선호의 이름을 부르면서 문을 열었는데 빈 방이더라고요."

경희는 선호의 방문을 열기 위해 손잡이를 잡았을 때 손잡이부터 모든 게 산산조각이 나며 부서졌다는 사실을 숨기며 설명했다. 그 부분을 사실대로 말한다면 왠지 자신에게 불리한 일이 생길 것 같다는 본능 때문이었다.

"그런데 저기 멀리에서 뭐가 빛나는 거예요. 그리로 가보니까 선호가 어릴 때 모습으로 놀고 있는데, 혼자서 공놀이하고 있었어요. 다가가서 선호를 부르는데 보이지 않는 벽이 저를 가로막고 있더라고요. 아마도 그게 보호막 같았는데 그 안에서는 제 소리도 안 들리는 모양이었어요.

아빠와 공놀이하던 선호가 자신의 존재로 인해 불안해하며 도망쳤다는 이야기를 빼놓고 하기는 했지만, 경희는 자신이 틀린 말을 하고 있지는 않다고 생각했다. 자신이 실제라고 믿고 거짓말을 하게 되면 그건 실제 있었던 일로 인식하게 된다는 글을 읽은 적이 있었다. 어서 인터뷰를 마치고 나서 김 교수를 프로젝트에서 밀어낼 방법을 찾아야 한다는 생각이 들었다.

"그러고는 또 사라지더니 다시 선호 방 앞이었어요. 방에서는 침대 안에서 선호가 몰래 책을 읽고 있더라고요. 그래서 제가 조금만 읽고 자라고 했었죠. 그때 갑자기 제 몸이 뒤로 빨려 나가는 느낌이 들더니 깨어났어요. 실험이 잘되고 있었는데 저 사람이 실험을 중지시켜서 그런 거죠? 맞죠?"

"선호가 몰래 책을 읽고 있을 때 당신이 조금만 읽고 자라고 했다고? 이 사람아…. 인터뷰에서 소설을 쓰면 어떻게 하냐. 선호가 항상 누구 몰래 책을 보는 거였는지는 알고 하는 소리니?"

"당신은 선호가 어떻게 자랐는지 관심도 없었으면서 이런 장치 하나 만들었다고 이제 와서 아빠 노릇 하려고 그러는 거야?"

김 교수는 노트북을 가져오더니 무릎에 놓고 무언가 작업을 하며 말했다.

"그러니까 당신은 선호가 침대에서 책을 몰래 읽고 있을 때 말을 걸었고, 그러다가 깨어났다는 거지? 그때 선호는 뭐라고 했지?"

"알았다고 했지 당연히."

경희는 당당하게 말했다. 그런 모습을 보며 김 교수는 노트북의 화면을 보여주며 말했다.

"이렇게 고통스러운 얼굴로 울부짖으면서 알았다고 했다는 건가?"

경희가 바라보는 모니터에는 실험을 통해 만났던 선호가 울부짖으며 자신에게 달려들던 바로 그 모습이 그대로 화석처럼 보관되어 있었다. 경희는 순간 가슴이 철렁 내려앉는 기분이었다. 분노에 가득 차서 김 교수에게 쏟아내던 말들이 바닥을 드러낸 것처럼 흔적도 없이 사라져 버렸다.

"선호가 나 때문에 자살을 시도했던 건가? 이혼하고 집 나간 아빠 때문에? 선호가 유서에 써놨었지? 쓰레기는 사라져 드리겠다고. 힘들어하는 애를 인생에 실패한 쓰레기 취급한 게 누구였지?"

"쓰레기 취급한 게 아니야. 쓰레기 같은 사람이 될지도 모른다고 한 거지. 당신처럼."

마치 변명처럼 경희는 중얼거리듯이 말했다. 선호의 모습을 닮은 일그러진 모니터 화면에서 시선을 떼지 못하고 있었다.

"선호 어머님. 실험 인터뷰는 사실대로 말씀해주셔야 합니다. 말씀하신 내용으로는 바이털 사인의 급격한 변화를 설명하기가 어렵습니다. 김 교수 말대로 저 모니터에 나타난 이미지는 분노에 가까운 인상이고요. 무슨 일이 있었던 건가요."

경희는 눈을 감고 한참을 말없이 있었다. 그리고 두 사람에게 다시 한번 실제 있었던 일을 설명하고는 인터뷰실을 조용히 나갔다.

"과학은 거짓말을 하지 않지. 거짓말은…."

"사람이 하는 거지."

김 교수의 말을 이어서 최 교수가 대답하듯 말했다.

"선호 어머니는 더는 실험에 참여시킬 수가 없을 것 같아.

거짓 인터뷰에다가 환자도 감정적으로 대하는 것 같고. 중요한 건 환자도 거부반응을 보이는 것 같으니…"

"욕심 때문에…. 욕심이 사람을 망가뜨리는 거야. 다시 돌려놓을 기회를 준 건데…. 허…."

김 교수는 맥이 빠지는 듯한 표정을 지으며 말했다. 최 교수는 그런 김 교수를 돌아봤다.

"너도 어떻게 보면 네 욕심으로 이 프로젝트를 진행하는 거잖아. 그거 너 자신한테도 해당하는 말인가?"

"어쩌면 그럴지도 모르지. 너무 욕심부리지 않으려고 날 통제하는 말이기도 하고. 아들 녀석하고 할 수 있다면 그냥 말 한마디만이라도 하고 싶었어. 그래서 저걸 만든 거고."

"무슨 말이 하고 싶던 건데."

최 교수의 말에 김 교수는 자신 없는 표정으로 말했다.

"별거 아냐. 일어나면 여행이나 가자고. 그리고 아빠가 너를 두고 혼자 떠나서 미안하다고."

최 교수는 일어나서는 어깨가 늘어져 있던 김 교수를 툭 건드리고는 말했다.

"엄마가 못하게 됐으니까, 이젠 아빠가 하면 되겠네. 아들인 거 알려지면 구설수도 있을 테고 그러니까 프로젝트에는 선호가 당신 친구 아들이라고 하면 네가 헬멧을 써도 다들 이해하겠지."

최 교수의 말을 수긍이라도 하듯이 김 교수가 고개를 끄덕였다.

"그런데 친구 아들이라고 하면 이상하지 않아? 조카 정도면 괜찮을 것 같은데? 얼굴이 닮기도 했고."

"닮아? 조카? 조카 같은 소리 하고 있네."

최 교수가 중얼거리며 인터뷰실을 나갔다.

"야. 너 지금 욕한 거 아니지? 욕한 거 같은데? 저 여우 같은 새끼. 너 지금 욕한 거지?"

"실험 시간은 계속 10분인 거죠?"

"네. 아직은요. 전력공급장치가 안정적으로 유지될 수 있는 시간이니까요. 다른 분들도 마찬가지입니다. 시간이 너무 짧게 느껴지시죠? 그래도 어쩔 수가 없어요. 다른 분들 경우는 실험 중에 이상이 발견돼서 중지된 일도 있거든요."

실험실에서 헬멧을 씌워주던 연구원이 성훈에게 친절하게 말했다.

"안정적으로 동기화를 유지할 수 있는 시간이 10분이라는 거 이해하시는 거죠?"

성훈은 고개를 끄덕이려다 착용한 헬멧이 생각나 대답으로 대신했다.

"네."

"성훈 씨 준비되셨으면 실험 시작하도록 하겠습니다."

진행 상황을 지켜보던 최 교수가 마이크를 통해 말하는 소리가 실험실에 들려왔다.

10, 9, 8, …

카운트다운이 끝나자, 성훈은 전류가 미세하게 흐르는 느낌이 두피를 통과하는 게 느껴졌다. 마치 롤러코스터에서 급강하할 때 느껴지는 가슴 철렁한 순간적인 공포와 함께 육체라는 껍데기를 두고 생각이라는 것이 몸의 형태로 변화하면서 어두운 터널로 빨려 들어가는 것 같았다.

성훈이 눈을 떠보니 자신은 거실 소파에 앉아있었다. 첫 번째 실험에서는 문밖에 서 있었는데 집안에서 시작되는 이런 장소의 변화도 실험의 심리적인 발전에 해당하는 건지 인터뷰하며 최 교수에게 물어봐야겠다고 생각했다. 앉아서 손으로 만져보는 소파의 촉감과 쿠션의 깊이는 현실과는 비슷하면서도 약간 다르게 느껴졌다. 묘하게 감각이 불투명하게 흐린 느낌이었다. 눈앞에 있는 수영은 작은 주전자에 물을 끓이며 멍하니 주방에 서 있었다. 성훈은 자신이 소파에 앉아있는 것을 수영이 알고 있는지 아니면 모르고 있는 건지 알 수 없었다. 물이 끓는 소리에 수영은 주전자를 들어 도자기 컵에 차를 타서는 성훈에게 가져와 건넸다.

"뜨거워. 조심해."

수영은 걱정하며 말했지만, 성훈이 두 손으로 받쳐 든 컵에서는 아무런 온도가 느껴지지 않았다. 두 손으로 감싸고 있는 컵은 그저 어떤 가벼운 촉감이 존재할 뿐이었다.

"아무 기억도 안 나는 거야?"

순간 성훈은 수영이 자신에게 무엇에 대한 기억을 묻는 건지 알 수가 없었다. 다만 지금의 설정이 경험에서 꺼낸 과거의 한 시점이 아니라는 건 분명했다. 그렇다면 6년간의 실종 상태에서 돌아온 그 상황의 연장선이라고 짐작이 되었다.

"응."

성훈은 자신이 6년간의 기억이 사라진 기억상실증에 걸린 역할을 계속해야 하는 게 맞는 건지 알 수 없었다. 그저 수영에게 충격이 가지 않도록 서서히 진실을 깨닫게 해야 한다는 최 교수의 말대로 할 뿐이었다.

"그런데 집은 어떻게 기억한 거야?"

"글쎄. 나도 모르게 와서 서 있었어."

"지난 6년 동안 무슨 일이 있었는지는 아무것도 기억 못 하는데 나랑 집은 기억났다고?"

"응. 눈을 떠보니까 집 앞이었어."

수영은 한숨을 쉬더니 거리를 둔 채로 성훈에게서 조금 떨어져 앉았다. 그런 수영을 보며 성훈은 전에는 한 번도 느껴보지 못했던 딱 그만큼의 거리감이 느껴졌다.

"경찰서에서 사실대로 진술한 게 맞아? 혹시 납치범들에게 협박당해서 아무 말도 못 하는 건 아니고?"

성훈은 고개를 끄덕였다. 기억을 되짚어 대화하는 게 아니라 마치 즉흥연기를 하듯이 수영의 말에 맞추어 적절한 대답을 만들어 내야 한다는 게 조금은 껄끄러웠다.

"응. 납치범은 없었고, 내가…. 순전히 내가 기억을 잃고 사라졌다가 나타난 거 같아."

"사람이 어떻게 그렇게 흔적도 없이 사라져. 말이 안 되잖아."

성훈은 지금 자신의 상황이 더 말이 안 된다고 생각했다. 코마 상태의 약혼녀에게 지난 6년간 왜 자신이 의식 속에 나타나지 않았는지를 설명해야 하는 상황이라니. 답답하고 막연했지만 이런 기회조차 얻지 못한 다른 환자 가족들에 비한다면 그나마 호사로운 고민이 아닐지 싶었다.

"그러게. 이제라도 하나씩 알아가봐야지."

"영훈 씨는 오지 않겠대. 무사히 돌아왔으면 됐대. 그래도 이해하지?"

성훈은 그제야 영훈이라는 이름으로 만들어진 동생이라는 존재가 있었음이 생각났다.

"어. 그래. 이해하지. 그래도 동생이면 한번 만나 봐야 하는 거 아닌가?"

"아니. 내가 싫어. 그렇게 세 사람이 한자리에서 만나게 되면 그건 내가 못 견딜 것 같아."

수영은 생각만 해도 못 견디겠다는 듯이 몸서리를 쳤다.

"자기가 불편하면 하지 마. 자기가 편한 대로 해. 나도 그게 편하니까."

성훈의 말에 수영은 근심이 깃든 얼굴로 성훈을 바라보며 말했다.

"너 좀 변한 것 같아."

"내가? 어떻게?"

"늘 나보다 네가 먼저였잖아. 회사가 먼저였고, 네 고집이 먼저였고…. 난 늘 마지막이었잖아."

수영이 그런 말을 성훈에게 직접적으로 한 적은 없었다. 언제나 속으로 삭이는 편이었던 수영이 지금은 누구의 눈치도 보지 않고 자유롭게 말하고 있다는 게 반가우면서도 미안한 마음이 들었다.

"그러게. 내가 나쁜 놈이었지."

"영훈 씨는 늘 내가 먼저였어. 무슨 일이 있어도 늘 나라는 존재가 우선이었어. 그건 지난 6년간 한 번도 달라지지 않았어."

성훈은 긴장했다. 수영과의 관계 회복에 있어서 가장 걸림돌이 될지도 모른다고 짐작한 영훈에 관한 이야기가 시작되었기 때문이었다. 보이지 않는 유령과 싸움이라도 해야 하는 기분이었다.

"나도 전에는 그랬었던 것 같은데."

조심스럽게 성훈이 말을 꺼내 보았다. 수영은 고개를 저었다.

"너는 그런 적 없었어. 난 그런데도 좋았던 거지. 이 사람이라면…. 이 사람이라면 그런데도 행복할 것 같았으니까."

가족이 없던 수영에겐 성훈이 유일한 세상의 전부였었다. 성훈은 어쩌면 그런 수영을 자신이 너무 쉽고 편하게만 대했던 건 아닐까 하는 생각을 했다. 편하다는 이유로 소홀해지면서도 자신은 사랑하고 있다고 착각했던 건 아닐지. 수영이 자신에게 정말로 원했던 게 무엇이었을지 성훈은 어렴풋이 짐작이 갈 뿐이었다.

"지금은 어때? 내가 이제는 미운 건가?"

"넌…."

성훈을 바라보는 수영의 눈빛이 원망스러움을 담고 있었다.

"내가 가장 힘들 때, 나를 가장 힘들게 한 것도, 가장 보고 싶던 것도 다 너였어. 하지만 내 곁에 너는 없었어. 정말 필요로 할 때 그 무언가가 없으면 처음엔 괴롭고 힘들지만, 차츰 무뎌지고 그러다 익숙해지는 법이잖아. 난 이제 네가 없는 삶에 더 익숙해졌어. 미안하지만 이게 현실이야."

"현실…."

성훈은 아무 말도 못 하고 듣기만 했다. 가슴 아픈 말들의 연속이었지만, 한편으론 수영이 이렇게 말을 많이 하던 사람이었나 싶기도 했다. 언제나 자신을 지긋이 바라보며 응원만 해주던 사람이었는데, 이런 단호한 모습을 보이는 면도 있다는 걸 처음 알았다.

"이제라도 보상하고 싶어. 너한테."

"보상?"

성훈의 말에 수영은 황당하다는 듯이 말하며 힘없이 웃었다.

"난 네가 죽었다고 생각했어. 실종신고를 하고 5년이 지나도 나타나지 않으면 사망한 걸로 인정한다고 하더라고. 그래도 설마 혹시나 하면서 기다렸어. 5년이 지나고도 계속 기다렸어. 모든 사람이 네가 오지 않을 거라고 했어. 그래도 기다렸어."

"그래. 알아. 나도 사정이 있었어."

"사정? 너 지금까지 아무것도 기억나지 않는다면서 나한테 거짓말한 거야?"

"아니. 그게 아니라….."

성훈은 수영에게 밝힐 수 없는 진실 때문에 머리가 터질 것만 같았다. 어떤 상황에서도 환자의 상태를 직접 말해주지 말라는 최 교수의 말이 아니었다면 벌써 수십 번이라도 말했을 내용이 입언저리까지 올라왔지만, 입술을 깨물어 참아내며 말했다.

"거짓말을 하는 게 아니라 무슨 일이 있었는지 나도 알 수가 없으니까 그걸 그런 사정이 있다고 말하는 거지."

"그 말도 이젠 지겨워! 너 때문에 내 인생이 더 망가져 버렸다고!"

울음을 터뜨린 수영과의 거리가 순식간에 저 멀리 닿을 수 없을 만치 벌어져 버렸다. 수영이 있는 곳은 마치 연극무대에서 독백하는 여주인공이 있는 곳처럼 비치는 조명이 없음에도 밝게 보이다가 서서히 어두워지고 있었고, 성훈이 앉아있던 소파는 수영과의 사이에 칠흑 같은 어둠을 경계로 하면서 점차 뒤로 밀려나고 있었다. 성훈은 실험 시간이 다 된 거란 짐작을 하고는 있었지만, 아무것도 발 디딜 곳이 없는 공간에 떠 있는 듯한 느낌으로 머물러 있다가 순간 어딘가로 몸이 쏜살같이 빨려 들어가는 느낌에 공포감을 느꼈다.

"헉!"

성훈이 식은땀을 흘리며 눈을 떴다.

"성훈 씨. 실험이 끝났습니다. 괜찮으십니까? 일치율이 너무 높아져서 걱정되는 부분이 있었는데요."

실험실 스피커를 통해 김 교수가 말했다. 90퍼센트의 일치율에 해당하는 시점부터 보호자는 환자의 의식에 접근할 수 있게 된다. 물론 일치율이 높을수록 의식 속으로 접근하는 데에는 유리할 수도 있지만 자칫하면 자신의 의식, 즉 자아를 완전히 잃어버릴 수도 있기에 95퍼센트를 넘어가면 위험수

치로 간주하게 된다. 성훈의 일치율은 93퍼센트 언저리에서 머물다가 갑자기 98퍼센트로 뛰어오른 시점이었기에 김 교수가 그렇게 말했던 거였다.

"바이털 사인은?"

최 교수가 팀원들에게 물었다.

"심박이 조금 불안정했지만, 다른 부분은 정상범위입니다."

"성훈 씨 장치 벗겨드리고 회복되시면 인터뷰실로 모시도록."

최 교수와 김 교수가 동시에 일어나서 조종실을 나갔다. 두 사람이 아무런 다툼도 없이 사라지는 모습을 처음 본 조종실의 대부분 사람은 눈이 휘둥그레져서는 서로를 쳐다봤다.

"저 두 사람 무슨 일 있는 거 아냐? 조용하니까 더 불안하네."

"미운 정이 든 건가?"

"둘이 사귀어?"

"조용히들 해라. 어서 실험기구 정리하고, 다음 실험 준비 안 하냐."

조교의 호통이 있고서야 사람들이 바쁘게 움직이기 시작했다. 어수선한 가운데에 의자에서 몸을 일으키던 성훈은 순간 몸을 휘청거리다 의자를 잡고서야 몸을 기대어 버틸 수 있었다.

"괜찮으세요?"

헬멧을 벗는 걸 도와주던 담당이 놀라며 물었다. 성훈은 고개를 갸웃하고는 말했다.

"저번엔 안 이랬는데 갑자기 어지럽네요. 살짝 이명도 있는 것 같고."

"그런 증상도 교수님들께 말씀하시는 게 좋을 것 같아요 …."

성훈은 고개를 끄덕이고는 몸 상태를 체크하고는 인터뷰실로 향했다. 그저 평범한 일상으로 들어가는 것만 같았던 첫 번째 실험과 비교해 수영의 의식이 종잡을 수 없는 SF영화처럼 변해버린 두 번째 실험은 그 간극의 차가 컸기에 본인이 그 변화에 자신이 적응하지 못한 게 아닌가 하는 생각을 하고 있었다.

♥

"멀미에요."

"멀미요?"

"생각해 보세요. 자동차 타셨을 때 멀미하신 적이 있으면 지금이랑 비교해 보세요."

최 교수와 김 교수가 성훈의 말을 듣고는 당연하다는 듯이 말했다.

"성훈 씨의 뇌가 빠른 공간의 이동을 온전하게 이해하지 못해서 발생하는 현상입니다."

"생각하는 속도보다 실험에서의 이동속도가 더 빨라서 그런 거니까 걱정하지 말아요."

가만히 앉아 누워서 헬멧을 쓰고 있을 뿐이었는데 멀미가 생겼다는 두 사람의 설명이 성훈은 이해가 되지 않았다.

"3D 게임 같은 거 해보셨나요? 실사영화처럼 움직이는 캐릭터나 배경을 보면서 내가 아닌 시선이 움직이기만 하는데도 멀미하는 경우가 있죠. 그거랑 비슷한 거로 생각하시면 됩니다. 그런 비슷한 경험을 이번 실험에서 경험하셨나 보네요."

김 교수가 성훈에게 차를 건네며 말했다. 성훈은 김 교수가 점잖게 대화에 참여하는 모습이 낯설게 느껴졌기에 저 사람이 무슨 일이라도 생긴 걸까 하는 생각이 들었다. 오히려 그런 김 교수가 더 신경에 거슬린다고 생각하면서 성훈은 두 번째 실험에 관한 내용을 이야기했다.

"지선 씨. 오늘은 컨디션 어떠세요?"

"네. 좋습니다."

실험 B의 보호자인 지선이 의자에 앉자, 김 교수가 말을 걸었다

"그러면 오늘도 달려볼까요."

"김 교수님. 실험실입니다."

"네."

고삐를 당기지 않으면 어디로 튈지 모르는 김 교수를 최 교수가 한마디로 가라앉혔다. 최 교수의 말에 고분고분하게 변하는 김 교수를 보며 조종실의 막내들이 속삭였다.

"최 교수님이 약점 잡은 거라니까."

"아니래. 둘이 진짜 사귀는 거 맞대."

"아니. 어떤 미친 인간이 그런 미친 소리를 해?"

"너네 조용히 안 할래? 막내 새끼들이 어디서 목소리를 높여!"

김 교수가 좋알거리던 막내들을 향해 소리를 질렀다. 사람들은 모두 성품이 달라진 게 없음에도 최 교수에게만 꼼짝을 못하는 김 교수가 분명 약점을 잡힌 게 틀림없을 거란 짐작을 자연스레 하고 있었다.

"지선 씨. 실험 시작합니다."

지선은 눈을 감았다. 매번 의식이 에너지화되어 이동하는 실험의 단계는 익숙해지기 어려운 체험이었다. 때로는 어둠 속으로 빨려 들어가듯이, 그리고 때로는 하늘로 끌려 올라가듯이 의식이 빠져나갈 때마다 두려움이 뒤섞여 느껴지고는 했다. 눈을 떠보니 지선은 또다시 뿌연 안개 속에 혼자 덩그러니 서 있었다. 지선이 나타나자 안개가 흩어지면서 엄마가 어린 시절 모습으로 자신을 드러냈다.

"언니?"

"응. 서현이구나. 언니 기억나?"

"응. 저번에 왔었잖아."

어린 서현은 스스럼없이 다가와 지선의 손을 잡았다. 서현의 작은 손은 차갑지도 따뜻하지도 않았지만 앙증맞게도 지선의 손안에 쏙 들어갔다.

"언니는 여기 왜 또 왔어?"

어린 서현의 말에 지선은 코마 상태인 엄마가 정말로 현실을 인식하고 있는 건 아닐까 하고 생각했다. 하지만 그건 비전문가인 김 교수의 추측일 뿐 뇌 전문가인 최 교수의 의견은 아니었기에 어린 시절의 엄마든 아니면 노년의 엄마든 대화를 통해 자신이 직접 확인하고 싶었다. 엄마가 현실을 인식하고 있는 거라면 머릿속에 맴돌고 있는 그 질문을 꼭 하고 싶었기 때문이었다.

"여기가 어디인데?"

지선은 어린 서현의 눈높이에 맞추어 몸을 낮추면서 물었다.

"여긴 서현이 세상."

천진난만하게 어린 서현이 웃으며 말했다.

"서현이 세상은 어떤 세상인데?"

지선이 다시 한번 묻자, 어린 서현은 장난기가 넘치는 표정으로 지선에게 바짝 다가서서는 귓속말로 말했다.

"숨바꼭질 세상."

숨바꼭질 세상이 무슨 뜻인지 그저 아이가 지어내는 말인지 알아들을 수 없었기에 지선은 인내심을 발휘해야 했다.

"여기는 우리 예쁜 서현이만 있나?"

"아니. 언니 서현이도 있고, 할머니 서현이도 있어."

어린 서현의 말로는 엄마가 현실을 인지하는지는 알 수 없었지만, 의식 속에 존재하는 엄마의 자아가 여러 개라는 건 알 수 있었다. 아니면 최 교수의 말대로 알츠하이머로 조각난 엄마의 단편적인 여러 기억이 각자의 존재로서 남아 있는 것일지도 모른다고 생각했다.

"언니랑 할머니는 어디 있어? 우리 서현이가 데려다줄 수 있을까?"

"다 숨바꼭질하고 있어서 못 찾아. 절대 못 찾아."

어린 서현은 대단한 비밀이라도 말해주는 것처럼 목에 힘을 주어 말했다. 서현의 말대로 정말 못 찾는 것인지 아니면 말하면 안 되는 내용이라 숨기는 것인지 알 수는 없지만, 지선은 초조해하지 않기로 했다.

"그럼 내가 온 걸 우리 서현이는 어떻게 알았을까?"

순간 노을빛 하늘 위로 검은 먹구름이 순식간에 넓게 퍼뜨려졌다. 하늘을 올려다보고는 시선을 내리니 어린 엄마가 아닌 젊은 시절의 엄마가 손을 잡고 있었다.

"왜 왔어. 오지 말랬잖아. 오면 안 돼."

"엄마? 나 알아봐? 나 하나만 물어볼게. 하나만…."

"도망쳐야 해. 숨어."

젊은 엄마는 지선을 손으로 잡아 꾹꾹 눌러댔고 지선의 몸은 마치 토끼 굴을 따라 들어가 몸이 작아진 앨리스처럼 줄어들었다. 지선은 엄마에게 소리치려 했지만, 모기처럼 앵앵거리는 소리만 나올 뿐이었다. 젊은 엄마는 지선을 주머니에 넣고 달리기 시작했다. 주머니 밖으로 고개를 빼어보니 멀리서 다가오는 먹구름이 땅으로 내려오면서 모든 걸 갉아서 먹어버리고 있었다. 도망치지 않는다면 그 어둠에 먹혀버릴 게 분명했다. 엄마에게는 자신과의 만남보다 그 어둠을 피하는 게 더 급하고 중요한 일로 보였다. 매번 이렇게 엄마를 만날 때마다 쫓기고 도망치는 일로 실험을 소비해 버리다가는 엄마의 남아 있는 기억이 모두 소진해 버릴지도 모를 일이었다. 한참을 도망치던 엄마가 안전한 지역에 도착했는지 주머니에서 지선을 꺼내 땅에 내려주었다. 땅에 발을 딛자, 순식간에 몸이 정상 크기로 돌아왔다는 걸 느끼는 순간 지선은 이전 실험과 다르게 속이 울렁거림을 느꼈다. 그 울렁거림은 자기 신체가 느끼는 것인지 아니면 엄마에게 들어온 의식이 느끼는 것인지 알 수 없었지만, 굉장히 강렬했기에 다른 아무것도 할 겨를이 없었다. 지선을 붙잡아 세운 젊은 엄마는 지선의 눈을 안타까운 눈빛으로 들여다보며 짧게 말했다.

"돌아가."

지선이 뭐라 말할 틈도 주지 않고 엄마는 지선을 밀어버렸다. 뒤로 넘어지던 지선은 등 뒤에 아무것도 없음을 알고 심장이 순간 철렁 내려앉았다. 까마득한 낭떠러지로 엄마가 자신을 밀어낸 것이었다.

"엄마!"

한없이 어둠 속으로 떨어져 내리던 지선이 놀라서 눈을 뜨자 헬멧 담당이 자신에게 다가오는 게 보였다. 다가와서 뭐라 말하는데 아무 소리도 들리지 않았다. 한참이 지나고서야 마치 귀에서 물이 빠져나가듯이 주변의 소리가 들려오기 시작했다.

"지선 씨. 이번엔 시간이 되지도 않았는데 지선 씨가 스스로 돌아오신 겁니다. 괜찮으세요?"

마이크를 통해 김 교수가 말하고 있었다. 그 말을 듣고 지선은 코마로 누워있는 엄마가 정말 자신을 현실로 돌려보낸 것이 맞다고 확신하게 되었다.

♥

"어머님이 다시 또 돌아가라고 하셨다고요?"

인터뷰실에서 지선의 설명을 듣던 최 교수가 말했다.

"그러면 정말 코마 환자가 현실을 인식할 수는 있는 거 아닐까? 코마 상태로 있는 동안 주변에서 있었던 일을 다 기억하면서 깨어난 환자도 있었다고 전에 어디서 본 적이 있던 것 같은데?"

김 교수가 마침 지선이 궁금해하던 점을 그대로 최 교수에게 묻고 있었다.

"코마라는 게 말 그대로 신체적으로 아무런 이상이 없음에도 의식을 회복하지 못하는 건데, 김 교수가 말한 그런 특이사례는 말 그대로 특이사례기 때문에 일반화할 수는 없지. 대부분의 코마 환자는 의식을 되찾지 못하는 경우가 허다하니까."

최 교수는 순간 자신이 지선 앞에서 의욕을 꺾어버릴 수도 있는 말을 했다는 걸 깨닫고 황급하게 말을 이어갔다.

"지선 씨 실망하실 건 없어요. 다행이라면 다른 실험팀의 경우는 코마 환자가 반혼수 상태로 변화되는 듯한 증상을 나타내기도 했으니까요. 그건 어머님도 가능한 일입니다."

"그러면 저희 어머니도 회복하실 가능성이 있다는 거죠?"

"물론이죠. 섣부르게 기대할 수는 없겠지만, 그렇다고 처음부터 아예 포기하고 시작할 필요는 없는 거죠."

"차라리 저는…."

지선은 말을 잠시 멈추었다. 두 교수가 그런 지선을 바라보며 다음 말을 기다리고 있었다.

"저는 저희 엄마가 깨어나지 않으셨으면 좋겠어요."

"…"

"하나뿐인 자식인데…. 저 참 못됐죠…."

"…"

"코마에서 깨어난다고 해서 알츠하이머를 이겨내신 건 아니니까요. 어쩌면 코마 상태에서 엄마는 남아 있는 행복한 기억을 온전하게 누리고 있는 걸지도 모르겠어요."

"글쎄요…. 전 의료전문가나 정신 분야 전문가는 아니지만…."

김 교수가 말하려 하지 최 교수가 가로막았다.

"아니니까 하지 마세요."

하지만 김 교수가 손을 젓고는 말을 이어 나갔다.

"지선 씨 말씀을 들으면 어머님은 지금도 별로 행복해하시지 않는 것 같은데요. 솔직히. 계속 쫓기시는 거잖아요. 어둠으로부터."

"그런 걸까요…."

지선이 자신 없는 말투로 대답했다.

"아닙니다. 이 사람이 그냥 워낙 삐딱선이라서 그런 거지 환자 가족의 마음을 당사자도 아니고 어떻게 짐작이나 하겠습니까. 인터뷰는 이 정도로 하죠. 지선 씨 수고하셨습니다."

최 교수가 급하게 인터뷰를 마무리했다. 지선이 인터뷰실을 나가자 김 교수가 말했다.

"내 말이 틀렸나? 엄마가 계속해서 쫓겨 다니고 있는데 그대로 있었으면 좋겠다는 게 이해가 안 되는데?"

"그거는 현실이 아니잖아. 그리고 솔직히 알츠하이머 환자야. 코마에서 깨어난대도 자기 딸을 알아볼 가능성이 없어. 알츠하이머 환자 가족이 얼마나 힘들어하는지 네가 겪어보지 못해서 그래."

"환자한테는 환자가 머물고 있는 코마 상태의 그곳이 현실이라고 말했었잖아. 그런데 끝없이 도망치는 삶이 어떻게 행복할 수가 있어."

"누가 보면 당신이 의사인 줄 알겠어."

김 교수가 못마땅하다는 듯이 고개를 흔들어 대자 최 교수가 말했다.

"지선 씨는 엄마가 행복하길 바라서 그러는 게 아니야. 저 엄마가 깨어나서 자기 딸도 못 알아보는 현실로 돌아와 버린다고 생각해 봐. 지선 씨한테는 어쩌면 의식 너머의 엄마를 만나는 지금이 그나마 본인이 행복한 시간일 수도 있어. 그 안에서는 엄마가 지선 씨를 알아보기는 하니까."

최 교수의 말을 듣던 김 교수는 소파에 앉아 길게 한숨을 내쉬었다.

"저번에는 성훈 씨한테 그러더니. 오늘은 지선 씨한테 투덜거리고. 실험 앞두고 긴장하는 거야?"

"선호가 나한테도 그러면 어떻게 하지? 자기 버리고 혼자 도망간 아빠라고 지 엄마한테 하듯이 똑같이 싫어하면?"

"왜 안 어울리게 긴장하고 그래."

최 교수의 말에 김 교수는 짜증을 내듯이 말했다.

"난 지금 걱정하는 거지 긴장을 하는 게 아니잖아."

"지금 나한테 짜증 부리는 거야?"

그 말에 김 교수는 황당한 말을 들었다는 듯이 반응하더니 최 교수에게 애교를 부리듯 말했다.

"내가 무슨 짜증을 부렸다고 그래. 최 교수 오늘 나한테 왜 그래? 나 싫어?"

"난 당신 좋아한 적이 없어."

엉겨 붙는 김 교수를 질색하며 떨쳐낸 최 교수가 자리를 털고 일어났다.

"준비되면 들어와. 애들한테는 어제 얘기한 대로 선호 아빠 친구라고 할게. 실험 대상이 아들이라고 알려지는 것보다 여러모로 나을 테니까."

"얼굴이 닮아서 삼촌이라고만 하면 된다니까 그러네."

김 교수는 프로젝트 사람들도 감탄하는 외모를 가진 선호가 자신을 닮았다고 자꾸만 최 교수에게 어필하고 있었다.

"선호가 외탁이라 아무도 안 믿을 거야."

최 교수가 인터뷰실을 나가자, 이내 긴장한 얼굴이 되어버린 김 교수는 머리를 감싸 쥐며 털다가 크게 숨을 한번 몰아서 내쉬고는 인터뷰실을 나가 실험실로 향했다.

지선은 실험센터의 현관 앞에 서 있었다. 두 번째 실험의 인터뷰를 마치고 실험센터에 마련된 병실에 있는 엄마를 보고 나오다가 옆 병실 수영의 옆에 앉아있던 성훈을 기다리는 중이었다.

　"안녕하세요."

　길을 막듯이 서 있는 지선에게 먼저 인사를 한 건 성훈이었다. 지선은 인사하는 성훈을 마치 기다리기라도 했다는 듯이 말했다.

　"오늘은 술 대신 커피 어때요?"

　지난 대화의 연장선에서 나온 말이었다. 성훈은 잠시 대화라도 나누자는 지선의 두 번째 제안을 거절할 마땅한 핑계가 없었다.

　"그럴까요."

　두 사람이 커피를 주문하고 앉은 곳은 손님이 얼마 되지 않는 한산한 커피전문점이었다. 출입구를 들어서는 지선의 모습에 사람들의 시선이 향했다. 뒤를 따르던 성훈조차도 그 시선이 느껴졌지만, 지선은 그런 시선들이 오래전부터 익숙한 듯 아랑곳하지 않고 태연하게 움직였다. 창가에 자리를 잡고 주문한 커피를 지선이 테이블에 가져다주었다. 방금 내린 원두의 향이 기분 좋게 가게에 퍼지고 있었다.

"저번엔 좀 당황했어요."

지선이 말했다. 성훈은 그녀의 말에 짐작하는 바가 있었지만 무슨 뜻인지 잘 모르겠다는 표정으로 이어지는 이야기를 기다렸다.

"술 한잔하자는 말을 내가 무슨 유혹이라도 하는 것처럼 거절하시길래…."

성훈은 지선이 그렇게까지 직설적으로 말을 할 거라고는 생각 못 했지만 당황하지 않고 그저 빙긋이 웃으며 말했다.

"와이프가 깰 때까지 술은 입에 안 대려고요."

지선은 성훈의 말에 피식 웃으며 말했다.

"되게 재미없게 사시는구나. 들어보니까 환자분이랑 결혼하신 사이도 아니라던데?"

성훈은 프로젝트 사전미팅 때에 보았던 다소곳한 첫인상에 비해 도발적으로 말하는 눈앞의 지선은 예전과 전혀 다른 사람으로 느껴지고 있었다. 프로젝트에 참가하기 위해 이런 본성을 숨기고 그런 연기를 했던 건가 하는 생각까지 들었다.

"식을 올리진 않았지만 그럴 예정이었으니까요."

지선은 성훈의 말에 고개를 끄덕이고는 찻잔을 입에 댔다.

"순애보시구나. 부럽네."

지선은 커피를 한 모금 마시고는 성훈을 쳐다보았다.

"성훈 씨는 어땠어요? 환자분이 반갑게 맞아주시나요?"

"글쎄요."

성훈은 지선의 말대로 어쩌면 수영이 자신을 반갑게 맞아 주기를 기대했던 것을 떠올렸다. 의식 속에서는 무슨 일이 생길지 모른다고 들었음에도 은연중에 분명 수영이라면 반갑게 맞아주었을 거란 기대가 있었던 건 사실이었다.

"원래 그렇게 뜸을 많이 들이시나 봐요."

"뜸이요?"

"생각이 뭐가 그렇게 많으시냐고요. 그저 반갑게 맞아줬냐고 물어본 게 전부인데 뭘 그렇게 대답을 망설이세요. 어차피 대답은 그렇다 아니다 둘 중 하나 아닌가요?"

갑작스러운 생각지도 못한 말에 성훈은 당황했다.

"아, 그런 거 아닙니다. 일부러 대답을 미루는 건 아니지만 생각이 좀 많은 편이기는 합니다."

"환자분은 코마 상태로 6년을 보내셨다면서요. 보통은 그 정도면 회복이 어렵다던데요. 가족만 힘든 거 아닌가 싶어요. 난 사실 1년밖에 되지 않았지만, 엄마가 깨어나지 않았으면 좋겠거든요."

성훈은 지선을 빤히 쳐다보았다. 코마에 빠진 엄마가 회복되지 않았으면 한다는 말이 공감과 위로를 원해서 하는 말인지 아니면 있는 그대로 솔직한 마음을 말하는 건지 짐작이 가지 않았다.

"지선 씨는 어머니랑 사이가 안 좋았나요?"

"처음부터 그런 모녀는 없겠죠. 모녀가 애증의 사이가 되어

버린다면 모를까."

지선은 자신의 엄마에 관한 이야기임에도 마치 남의 이야기를 하는 것처럼 차갑게 말하고 있었다. 성훈은 이 프로젝트에 참여하고 싶어할 다른 환자 가족도 있었을 텐데 엄마가 깨어나길 바라지 않는 것 같은 지선이 실험에 참여한 이유가 궁금해졌다.

"지선 씨가 말씀하신 대로면 프로젝트를 지원하실 필요도 없으셨을 텐데요."

"그걸 나도 모르겠어요. 엄마가 깨어나더라도 어차피 나를 알아보지 못할 텐데 무얼 바라고 신청을 한 건지…. 어쩌면 궁금한 게 있어서 그걸 알아보려고 그랬는지도 모르죠."

"궁금한 거요?"

성훈의 말에 지선은 빤히 성훈을 바라보며 말했다.

"엄마는 알츠하이머가 심해지고부터 나를 뚫어지도록 무섭게 보실 때가 많았어요. 그러다가는 늘 갑자기 고함을 질러요. 돌아가라고. 도대체 무얼 봤길래 돌아가라는 건지. 그걸 물어보고 싶어서 엄마를 만나려는 건가…."

♥

"실험 C 2회차. 환자 김선호. 실험 준비하겠습니다."

최 교수가 실험 준비를 이야기하자, 조교가 다급하게 말했다.

"교수님. 아직 박경희 보호자님 도착 안 하셨습니다."

"보호자였던 박경희 씨가 개인 사정으로 불참하시게 돼서 이번 실험부터는 여러분이 잘 아시는 다른 분이 대신하실 겁니다."

잘 아는 사람이 보호자를 대신한다는 말에 사람들은 사전에 없던 이야기라 모두 대상이 누구인지 궁금해했다. 이윽고 실험실의 문이 열리고 김 교수가 나타나서는 실험 의자에 앉자, 조교가 마이크를 잡고 말했다.

"교수님. 곧 실험 시작합니다. 장난하지 마세요."

"알았어. 얼른 헬멧 줘."

"장난하지 말고 나오시라고요."

김 교수는 차분하게 진정했던 마음이었지만, 조교의 말에 화가 치밀어 오르는 기분이 들었다.

"저게 진짜 말을 안 들어 먹네. 헬멧 달라니까! 최 교수! 아직 말 안 했어?"

최 교수는 김 교수의 말에 어깨를 으쓱하고 들어 올리고는 내렸다. 아직 말을 안 했다는 신호로 보였다. 직접 이야기하라는 배려인지 아니면 괴롭힘인지 김 교수는 분간이 되지 않았다.

"어…. 이번 실험엔 내가 어…."

김 교수는 선호를 돌아보았다. 아들이지만 자신보다는 엄마를 닮은 모습에 차마 생각했던 말이 안 나왔다. 몇몇 조종실의 인원들이 설마 하는 표정으로 김 교수를 바라보고 있었다.

"내가 보호자로 참여한다. 내가 선호 아빠랑 친구야. 선호 엄마가 너무 감정적이라 실험이 어려워서 내가 하겠다고 했어."

"그럼 다른 가족인 선호 아버님이 오셔야 하는 거 아닌가요?"

조교가 마이크를 켜고 말하자 최 교수는 고개를 돌려서 웃는 얼굴을 들키지 않으려고 애썼다.

"선호 아빠가 죽었어. 그래서 내가 왔다. 됐냐?"

그 말에 다른 팀원들이 모두 고개를 끄덕이며 상황을 이해하는 표정을 지었다.

"네. 선호 씨 아버님이 돌아가신 것 안타깝게 생각합니다. 김 교수님 대신해서 힘내시고요."

최 교수가 마이크를 잡고 진행하기 시작했다.

"김 교수님이 알아서 헬멧 쓰시고, 잘 아실 테니까 착용하시면 바로 진행합니다."

김 교수는 툴툴거리며 직접 헬멧을 썼고, 착용을 하고 나선 의자에 기대 누우며 심호흡했다.

"동기화 시작합니다."

김 교수는 마치 최면에 빠지듯이 서서히 나른해지는 느낌이 들었다. 테스트 버전부터 경험해 왔지만, 동기화 과정은 매번 다르게 시작되고 다르게 끝났다. 시작과 동시에 느껴지는 감각에 관한 판단이 들기 전에 의식이 전환되고, 의식이 돌아올 때는 매번 다른 느낌으로 깨어나게 된다. 최면을 겪어 본 적은 없지만 아마도 걸린다면 이렇지 않을까 하는 생각을 하다가 눈을 떴는데, 김 교수는 물속에서 몸이 잠겨 가라앉고 있었다. 이건 현실이 아니라 꿈이라고 생각하면서도 가라앉지 않기 위해 본능적으로 허우적거리다 보니 그곳은 발이 바닥에 닿는 얕은 수영장이었다. 김 교수의 허우적거리는 모습에 다섯 살 정도로 보이는 선호가 튜브를 낀 채로 배꼽이 빠지게 웃고 있었다.

"이 자식이. 아빠가 물에 빠졌는데 웃어?"

김 교수가 짐짓 화나는 표정을 지었지만, 선호는 겁을 먹기는커녕 무언가 기대에 찬 표정을 하고 있었다. 김 교수는 그 표정이 무엇을 의미하는지 알고 있었다.

"점프!"

김 교수는 선호를 안아 들어 올렸다가 멀리 던졌다. 튜브를 허리에 찬 채로 높이 올려졌다가 떨어지는 선호에게는 재미있는 놀이였고, 스릴이었다. 멀리 던져진 선호가 튜브를 낀 채로 김 교수에게 헤엄쳐 왔고, 다시 들어 던지기를 몇 차례 반복하다가 김 교수가 말했다.

"선호야. 재밌어?"

"응. 재밌어."

"나중에도 또 이렇게 하고 놀까?"

"응. 또 또."

김 교수는 어릴 적 선호와 했던 약속이 떠올랐다. 다음으로 미뤘던 그 약속은 이혼으로 인해 끝내 지키지 못했고, 까마득하게 잊어버리고 있었음에도 선호의 기억 속에서는 즐거웠던 기억으로 되풀이되고 있는 것 같았다.

"선호야."

김 교수는 선호의 손을 잡고 말했다.

"아빠가 미안해."

"아빠는 잘못한 거 없어. 이렇게 약속한 대로 왔잖아."

선호가 웃으며 말하고는 몸을 돌리려 했지만 김 교수는 잡은 손을 놓지 못했다.

"아빠. 아파."

손을 뿌리치려 선호가 흔들었지만 김 교수의 손은 마치 자물쇠처럼 선호의 손을 잡아두고 있었다.

"이상하네. 아빠는 약속했던 거 못 지켰는데?"

살짝 굳어있는 김 교수의 말에 선호가 당황한 표정을 지었다.

"아빠 그게 뭐가 중요해. 이젠 다 괜찮다니까."

"선호야. 네가 다섯 살 때 아빠랑 수영하면서는 그런 얘기 안 했어."

김 교수에게 잡혀있던 손을 풀어내지 못한 선호가 천천히 어깨를 늘어뜨렸다. 김 교수의 몸이 잠겨있던 수영장의 물이 서서히 어디론가 빠져나가면서 김 교수의 몸은 평소의 옷차림이 되었다. 동시에 수영장은 조각나며 먼지가 되어 사라져 갔고, 선호는 김 교수의 앞에서 죄지은 아이처럼 고개를 숙이고는 말없이 손을 붙잡힌 채로 있었다. 김 교수는 선호와 눈높이를 맞추기 위해 다리를 구부려 몸을 낮추었다.

　"선호야. 아빠한테는 다 이야기해도 돼. 너 아빠가 지금 네 기억 속에 들어온 거 알고 있지?"

　선호는 망설이다가 고개를 끄덕였다. 김 교수는 그저 추측했을 뿐이었지만 지선의 인터뷰처럼 코마 환자도 현실을 인지할 수 있다는 걸 선호를 통해서 확실하게 알게 되었다.

　"엄마가 왔을 때도 알고 있던 거지? 엄마가 네 기억으로 들어온 거."

　"응."

　어린 선호가 힘없이 말했다. 그런 선호의 모습을 보니 자꾸 선호를 혼내는 느낌이 들어 김 교수는 마음이 불편했다.

　"선호야. 너 혼내려는 거 아니야. 그래서 아빠가 들어온 거야. 아빠는 너 혼낸 적이 없잖아."

　"혼내지 못하게 하신 적도 없었죠."

　순간 어디서 나타났는지 성장한 선호가 옆에서 걸어왔다. 김 교수가 고개를 돌리는 사이에 어린 선호는 마치 연기처럼 사라져갔다.

"그건 아빠가 네 엄마랑 이혼해서…."

"알아요. 저도 그걸 뭐라고 하는 건 아니에요."

아무것도 존재하지 않는 공간에서 선호는 김 교수의 손을 잡아 일으키고는 끌어안았다.

"보고 싶었어. 아빠."

김 교수는 아무 말도 못 하고 그저 자신을 안아주는 선호의 등만 가볍게 쓸어주고 있었다.

"언제부터였니. 네 상태 알게 된 게?"

선호는 김 교수 옆에 나란히 앉아서는 말했다.

"오래 걸리지는 않았어요. 제가 코마 상태라는 거 알게 된 건. 처음엔 제가 유체 이탈 상태인 줄 알았어요. 자살을 시도했고, 그래서 영혼이 빠져나가다가 어설프게 몸 안에 갇혀버렸다고 생각했죠. 몸에 가해지는 어떤 자극도 느껴지지 않았거든요. 어렴풋이 듣는 거는 가능했어요. 의사랑 간호사들 이야기. 그리고 엄마…."

엄마라는 단어를 꺼낸 선호가 힘없이 웃었다.

"응급실에서 엄마 목소리를 들으니까, 정신이 번쩍 들었어요. 도망쳐야겠다고 생각했거든요. 그랬더니 제 앞에 예전 기억 하나가 나타나는 거예요."

선호는 마치 시뮬레이션하듯이 김 교수 앞에 기억을 하나 소환해서는 마치 영화처럼 보여주었다.

"일단 전 그 기억 속으로 뛰어들었어요. 기억 안에서 전 당시의 제가 되고 그때 그 시간을 다시 겪게 돼요."

선호는 동시에 여러 개의 기억을 소환해서는 김 교수의 앞에 늘어놓고 여러 개의 모니터를 들여다보는 것처럼 나열해 보여주었다.

"기억에 대한 컨트롤은 처음엔 안 되는 건 줄 알았어요. 그냥 나타나는 대로 기다리기만 하는 건 줄 알았거든요. 근데 어느 순간부터 이게 가능해지더라고요."

기억을 마음대로 운용하는 선호는 김 교수에게 설명하며 한층 신이 나 보였다. 그건 마치 어릴 적 함께 놀이할 때 보던 모습 그대로였다.

"혹시…. 혹시나 해서 묻는 건데…."

선호가 신난 얼굴로 김 교수를 바라봤다.

"선호 너는 지금이 좋니?"

순간 선호가 불러왔던 기억들이 하나씩 저 멀리 사라지며 검게 변해버렸고, 선호의 표정이 굳어버렸다.

"아니요. 아빠도 엄마도 걱정하실 텐데…. 이건 좋아서 제가 하는 게 아니라…."

굳은 표정의 선호가 마치 변명이라도 하듯이 시선을 마주치지 못하고 있었다.

"괜찮아. 네 잘못 아니니까. 엄마 아빠 걱정은 안 해도 돼. 지금은 네 생각만 해봐. 일단은 지금이 좋은 거지?"

김 교수가 다시 한번 조용히 묻자 선호는 잠시 망설이다가 고개를 끄덕였다.

"다행이다. 여기서도 네가 힘들면 어쩌나 했어."

김 교수는 선호의 어깨에 손을 올려 다독였다. 선호는 입술을 깨물며 미안해하는 표정을 지었다.

"아빠가 여기 계속 와도 되겠니? 너랑 이렇게라도 대화가 하고 싶어서 그래."

"네."

고개를 끄덕이며 선호가 대답하자 김 교수는 선호의 어깨를 두드리고는 일어났다.

"야. 이 자식. 이젠 아빠보다 키가 크니까 내가 안겨야겠네."

두 사람은 일어나서 서로를 바라보고는 웃어 보였다.

"아빠 이젠 간다. 엄마는 앞으로도 못 오게 할 테니까 걱정하지 말고 있어. 아빠가 그거 하난 약속해 줄게."

"네."

"아빠 진짜 간다."

"네. 잠시만요. 아빠."

"응?"

"하나만 여쭤보려고요. 엄마랑 아빠 말고 또 저한테 접속한 사람이 있어요?"

"아니. 없는데. 왜?"

"그게…."

선호는 말하려다 말고 고개를 갸웃했다.

"저도 확실하지는 않아서…. 그게 엄마 아빠처럼 구체화 돼서 나타난 게 아니라서요."

"뭐가 있었어?"

김 교수는 선호의 말에 왠지 불길한 마음이 들었다.

"목소리만 들렸어요. 자기를 들여보내 주면 안 되냐고…."

김 교수는 한참 동안 멍하니 선호의 얼굴을 바라보다가 의아해하는 선호에게 아무렇지 않은 듯이 말했다.

"응. 그런 사람 없었으니까 신경 쓰지 마. 아마도 여기서 네가 꿈을 꾸는 거겠지. 그래도 혹시 모르니까 또 그런 소리가 들려도 절대 들여보내 주면 안 된다."

별거 아니라는 듯이 말하면서도 잔뜩 긴장한 듯이 신신당부하는 김 교수의 말에 선호가 고개를 끄덕이고는 웃었다.

"그럼 아빠 간다."

접속이 끝나기를 기다리던 김 교수는 어색한 정적이 흐르자 선호에게 말했다.

"아직 돌아갈 시간이 안 됐나 봐. 조금만 더 있다가 갈게."

♥

"어땠어?"

"뭐부터 얘기해줄까?"

김 교수는 최 교수의 질문에 뜸을 들이며 대답했다.

"가장 인상 깊은 거부터?"

"다 알고 있데."

"뭐를?"

"선호는 자기가 코마 상태인 걸 알고 있데."

김 교수의 말에 최 교수의 눈이 휘둥그레졌다.

"진짜 선호가 알고 있다고?"

"그래. 그런데 거기서 깨어나기가 싫은 거래."

"선호가 직접 말한 거야? 코마인 걸 안다고?"

"처음엔 유체 이탈 같은 건 줄 알았대. 그런데 무슨 영화 같은 데서 본 것처럼 둥실둥실 떠다니고 그런 게 아니라 어디에 갇힌 것 같았대. 소리만 어렴풋이 들리는데 어떤 기억이 소환되고 그 안으로 들어가서는 지내게 된 거야. 얼마 안 지나서부터는 원하는 기억을 소환하는 법을 익히기도 했고. 그러다가 지 엄마가 나타나니까 그 난리를 피운 거고."

최 교수는 김 교수의 말을 듣고는 골똘히 생각에 잠겼다. 코마 환자가 스스로 자신의 상태를 인식하고 있다는 건 논쟁거리가 될 만한 일이었다. 코마 상태인 환자의 의식에 접근해서 특정 내용을 전달하고, 나중에 그 환자가 깨어났을 때 그 내용을 확인할 수 있다면, 검증이 가능한 게 아닐까 하는 생각까지 하고 있었다.

"최 교수. 내가 하나 가설을 세워보려는데 끝까지 한 번만 들어봐 줘."

최 교수는 김 교수의 말에 고개를 끄덕였다.

"우리 실험의 싱크로율을 최소 90퍼센트에서 95퍼센트로 잡고 있잖아. 만일 95퍼센트 상태로 가정한다면 보호자의 의식은 실험 중에는 5퍼센트만 남아 있다는 걸로 볼 수 있겠지?"

간단한 산수였다. 최 교수는 고개를 끄덕였다.

"만일 100퍼센트라면 남아 있는 의식은 당연히 제로가 되는 거고. 아직은 그런 상태까지는 실험해 보지 않았지만 말이야."

"그야 실험하는 거지. 모험하려는 게 아니니까."

"내가 세워보려는 가설은 말이지. 우리가 퍼센티지로 나타내는 이 숫자가 정말 사람이 가지고 있는 의식의 양에 해당하는 걸까 하는 의문에서 시작돼."

김 교수의 말에 최 교수는 고개를 갸웃했다. 왠지 화가 날 만한 이야기를 김 교수가 꺼낼 것 같은 예감이 들었다.

"우리가 의식이라고 생각하는 그게 의식이 아니라 인간의 영혼이라면?"

"너 적당히 해라."

최 교수는 진지하게 가설을 들어주려 했던 자신이 한심하게 느껴졌다.

"아니. 진짜 난 진지하게 물어보는 거야. 솔직히 우리가 당연히 의식이라고 생각하는 거지 영혼이 아니라고 말할 수도 없는 거잖아."

"그래. 왜 또 그런 뜬금없는 가설을 떠올렸는지 들어보기나 하자."

최 교수는 소파에 완전히 몸을 기대고는 김 교수가 무슨 말을 하더라도 전혀 기대하지 않을 것만 같은 표정을 지으며 말했다.

"선호한테 무언가가 말을 걸었대."

"무언가라니?"

"그건 모르지. 중요한 건 들어가게 해달라고 했다는 거야. 그런 얘기 들어본 적 있지 않아? 악마는 주인이 들어오라고 허락을 해줘야 들어온다는 얘기 말이야."

"이것으로 인터뷰를 마칩니다. 김 교수님 수고하셨습니다."

"농담 아니라니까."

일어서려는 최 교수를 김 교수가 막아섰다. 최 교수는 숨을 한번 고르고는 말했다.

"네가 기계를 작동시키기 전까지 난 이 프로젝트를 사기라고 생각했어. 알지? 난 결과만 믿으니까. 난 가설을 믿지는 않아. 다시 말하지만, 난 결과만 믿어. 네 허무맹랑한 그 가설 말이야. 나를 이해시키려면 결과로 보여줘."

최 교수가 인터뷰실을 나가고 나서도 김 교수는 한참 동안 소파에 앉아 무언가를 골똘하게 생각하고 있었다. 그러고는 한참 뒤에야 결심이 선 얼굴로 일어섰다.

♥

　세 번째 실험을 앞두고 예정 시간보다 일찍 센터에 도착한 성훈은 김 교수의 연구실로 향했다. 또 무턱대고 시비를 걸려고 하는 건지 아니면 다른 목적이 있는 건지 모르지만 따로 불렀다는 건 특별한 일이 있는 건 분명했다.

　"아. 성훈 씨. 앉으세요."

　김 교수의 안내대로 연구실의 자리에 앉자 김 교수는 성훈을 잠시 바라보다가 말을 꺼냈다.

　"일전에 제가 무례하게 굴었던 걸 제대로 사과한 적이 없었죠? 늦었지만 지금이라도 사과할게요. 미안합니다. 그냥 종이에 적힌 글만 읽어놓고 내가 전부 다 아는 것처럼 못되게 굴었어요."

　고개를 숙이기까지 하며 하는 생각하지 못했던 사과였지만 성훈은 아직 김 교수의 진의를 알지 못했기에 마지못해 고개를 함께 숙이며 말했다.

　"괜찮습니다. 틀린 말씀 하셨던 것도 아니니까요."

　"그러면 성훈 씨가 사과를 받아주신 거로 알고 더 이야기할게요. 이리로 와달라고 연락했던 건 두 가지 때문이었어요.

하나는 지금처럼 사과해야 할 것 같아서고 다른 하나는 실험에 대한 거예요."

"실험이요? 무슨 문제가 있나요?"

김 교수는 말을 꺼내지 못하고 잠시 침묵을 지키다가 입을 열었다.

"이 이야기는 최 교수하고는 서로 의견이 맞지 않는 부분이니까 성훈씨가 듣고 판단해 주세요. 저는 코마 환자가 현재 자신이 코마 상태라는 걸 인식하고 있다고 생각해요. 그래서 실험에서 환자분의 의식에 접속했을 때 코마에 관해 이야기했으면 합니다."

"말 꺼내지 말라면서요. 알면 수영이에게 위험이 될 수 있다면서요."

"물론 최 교수의 의견은 정신적인 충격이 발생할 여지가 있으므로 그걸 고려해서 하는 이야기입니다. 좀 더 자세한 이야기를 하자면 그게…. 성훈 씨와 수영 씨 실험 말고도 저희가 두 건의 실험이 함께 더 진행되고 있지 않습니까?"

성훈은 최 교수를 보며 고개를 끄덕였다.

"저 다음이 치매 걸리신 어머님이시고, 젊은 학생이 그다음…."

"그 두 실험에서 두 환자가 다 인식하고 있다고 판단하게 되었어요."

"인식하다뇨?"

"자신이 코마 상태라는 걸 인식하고 있다는 거죠. 어쩌면 수영 씨도 모든 걸 알고 있으면서 자신이 만들어 놓은 세계 안에서 그렇게 행동하는 게 아닐까 하는 생각이 들었어요. 물론 상대가 인정하려고 들지는 않겠지만 수영 씨가 받아들일 만한 방법으로 성훈 씨가 이야기해 보는 건 어떨까요?"

성훈은 최 교수의 이야기에 고개를 저었다.

"수영이가 자신이 코마상태라는 걸 인식하지 못한 상태에서 교수님 말대로 진행한다면 어떤 결과가 생기는 거죠?"

"환자가 충격을 받을 수도 있겠죠."

"그런데 그걸 저보고 지금 해보라는 건가요?"

성훈이 정색하며 말하자 김 교수는 곤란한 표정으로 한숨을 내쉬고는 말했다.

"제가 세운 가설이 하나 있는데 그것 때문에 염려가 돼서 이런 이야기를 꺼낸 겁니다. 어쨌든 실험의 목적은 환자의 빠른 회복이니까요. 접근방법을 바꿔보자는 겁니다. 조심스럽게."

"가설이라뇨?"

♥

실험실의 의자에 앉아 대기를 하면서 성훈은 옆에 누워있는 수영이 이해할만한 줄거리를 생각해봤지만 어떠한 상황이 발생할지 모르는 실험에서 미리 내용을 만들어 놓을 수는 없었다. 더군다나 김 교수가 세운 가설은 새로운 걱정거리까지 만들어 놓은 상태였다. 전기신호로 변환되어 타인에게 전달하는 대상이 의식이 아니라 영혼일 수 있다는 말은 이 실험이 사람이 기계를 조절하는 과학의 영역에 해당하는 것이 아닐 수도 있다는 말로 들렸다.

"자기야. 늦겠어. 어서 먹어."

성훈은 눈을 떠보니 자신이 집안의 식탁 앞에 앉아있는 걸 알았다. 지난 두 번의 실험과는 좀 다른 분위기가 느껴졌다. 수영은 사고가 나기 전처럼 살갑게 자신을 대하고 있었고, 마치 전에도 여러 차례 겪었던 일상을 다시 겪는 느낌이었다.

"잠 제대로 못 잔 거야? 식탁에 앉아서도 졸면 어떡해."

수영이 성훈의 맞은편 자리에 앉으며 말했다. 식탁 가운데에는 끓고 있는 찌개가 놓여 있고, 정성스레 담겨있는 반찬들이 가지런하게 있었다.

"오늘은 회사에서 별일 없겠지?"

수영은 생선구이에서 살을 발라내어 성훈의 밥 위에 올려주었다.

"왜?"

성훈은 자신도 모르게 '왜'라고 묻고는 묘한 기분이 들었다. 지금, 이 순간은 과거 자신이 수영과 함께 경험했던 분명한 기억이기 때문이었다.

"일찍 와줬으면 해서."

"무슨 일 있어?"

"아니. 그냥. 자기가 너무 보고 싶을 것 같아서."

성훈은 가슴이 철렁 내려앉는 기분이 들었다. 지금 재현되고 있는 기억이 무슨 날인지 떠올랐기 때문이었다. 수영이 쓰러진 바로 그 날이었다. 자신이 회사 일로 들어오지 못하고 있을 때, 수영 혼자 쓰러지게 되는 그 날이었다. 지난 실험을 통해 수영이 코마 상태에서 보냈던 시간을 수영의 의식을 통해 경험해왔지만, 이번에는 과거 기억의 재현이었다. 환자가 바꾸고 싶어 했던, 아니면 간직하고 싶어 했던 기억이 나타날 수 있다고 했던 것들이 떠올랐다.

"나 오늘 회사 가지 말까?"

"응?"

수영은 뜻밖이라는 듯이 물끄러미 성훈을 바라보다 말했다.

"회사에서 전화 오면 자다가도 달려 나가던 사람이 웬일이래?"

"그냥. 회사 가기가 싫어서."

성훈의 말을 들은 수영이 이상하다는 듯이 숟가락을 들고 찌개를 한번 떠먹어 보고는 말했다.

"오늘 찌개 맛이 이상해? 간 다 봤는데? 왜 안 하던 소리를 하고 그러지?"

"진짜로 말하는 거야. 오늘 회사 안 가고 싶어서."

"왜 그래. 사람 불안하게. 회사에 무슨 일 있는 건 아니지?"

6년 동안 시달려 온 죄책감으로 후회하게 했던 그 순간이었기에 성훈은 주저 없이 선택할 수 있었다.

"안 갈게."

"아니. 내가 불안해. 늦었다. 어서."

멈칫거리는 자신에 비해 단호한 수영이 막무가내로 출근시키려 하자 성훈은 그녀의 뜻대로 이끌려 문을 나서는 게 차라리 덜 걱정시키는 게 아닐까 하는 생각도 들었다. 어쩌면 곧바로 다시 돌아오면 되지 않을까 하는 생각으로 떠밀리듯 현관에 서 있던 성훈이 말했다.

"일찍 들어올게."

"거짓말."

"진짜야."

"책임지지 못할 말은 하지 마세요. 어서 가봐요."

성훈은 현관문을 열고 나섰다. 이제 진짜 회사로 가봐야 하는지 아닌지를 고민하는데 갑자기 사방이 어두워지면서 모든 게 사라져 버렸다.

"자기야. 늦겠어. 어서 먹어."

성훈은 설마 하는 생각을 하며 눈을 떴다.

"잠 제대로 못 잔 거야? 식탁에 앉아서도 졸면 어떡해."

수영이 성훈의 맞은편 자리에 앉으며 말했다. 식탁 가운데

끓고 있는 찌개와 반찬들이 가지런하게 있었다. 조금 전과 같은 장면이었다.

"오늘은 회사에서 별일 없겠지?"

수영은 생선구이에서 살을 발라내어 성훈의 밥 위에 올려주었다.

"왜?"

성훈은 자신도 모르게 '왜'라고 다시 대답했다.

"일찍 와줬으면 해서."

문득 성훈은 좀 전과 똑같이 이야기가 흘러가면 안 된다는 생각이 들었다.

"응. 그런데 몸살기가 있는 것 같아서 하루 쉴까 하는데."

"몸살?"

수영은 성훈의 이마를 손으로 짚어보며 말했다.

"열도 없는데?"

"머리가 아픈 건 아닌데 몸이 으실거리네."

"회사 안 가도 괜찮아?"

"오늘 하루만 얘기하고 쉬면 나아지겠지. 뭐."

성훈은 식탁 한쪽에 있는 휴대폰을 들었다. 자신의 휴대폰이었지만 화면은 흐릿했고 작동이 되는지 아닌지도 알 수 없었다. 성훈이 추측하건대 아마도 그렇게 화면이 자신에게 보이는 건 수영의 기억에 없던 부분이기 때문에 구체적인 형상화가 되지 않은 거란 생각이 들었다. 짐짓 전화를 거는 시늉을 하며 신호를 기다리는 척했다. 어차피 현실이 아니라는 생각에 시늉만으로 충분할 거로 생각했기 때문이었다.

"네. 과장님. 오늘 하루 몸이 안 좋아서 병가 좀 사용하려고 합니다. 네. 내일은 나갈 수 있게 하겠습니다. 네. 네. 죄송합니다. 네. 들어가십시오."

수영은 눈이 동그래져서는 말했다.

"진짜 쉬는 거야?"

"그럼. 당연하지. 가짜로 쉬는 것도 있나."

쉰다는 말에 좋아할 거란 생각했던 수영의 표정은 기쁜 건지 아쉬운 건지 구분하기 어려웠다.

"어떡하지. 나 저녁에 자기 퇴근 시간에 맞춰서 준비하려고 했었는데…."

"무슨 서프라이즈를 하려고?"

성훈은 웃으며 물었지만, 가슴이 무거워졌다. 이미 6년 전에 유산된 아이에 대한 임신 소식을 전하려는 수영을 보고 있으니 그저 먹먹해지는 기분이었다.

"음…. 아니야. 이거 봐봐."

수영은 검은 사진 하나를 내보였다. 초음파 사진이었다. 수영은 성훈의 반응을 기대하는 눈빛으로 지긋이 바라보고 있었다. 이미 정해진 결말이란 걸 알면서도 성훈은 짐짓 커다랗게 놀라는 표정을 지으며 말했다.

"자기야. 혹시 이거?"

수영은 입술을 깨물어 웃음을 꾹 참으며 고개를 끄덕였다.

"언제 안 거야?"

"어제."

"그러면 바로 얘기해주지 왜 말 안 해줬어?"

"어제 자기가 너무 늦게 퇴근해 와서는 피곤하다고 그냥 잠들어 버렸잖아. 그래서 오늘은 준비해 놓고 기다리려고 했지."

성훈은 웃고 있는 수영의 얼굴을 보며 심란해졌다. 저리도 기뻐하는 사람이 유산이 되었다는 사실을 알면 얼마나 절망할지 짐작조차 되지 않았다. 그런데 기뻐하던 수영의 얼굴이 조금씩 굳어져 갔다. 그런 모습을 보며 성훈은 왠지 모르게 불안함이 들었다.

"자기야. 나 이상해…."

갑자기 얼굴이 창백해진 수영이 자리에서 일어나려다 주저앉자, 성훈이 놀라서 수영에게 다가가 부축했다.

"왜 그래? 어디 아파?"

수영은 성훈과 눈을 마주치고 있다가 시선을 아래로 내렸다. 수영이 입고 있는 옷의 바지 부분이 서서히 피로 물들어 번지기 시작하는 게 보였다. 성훈은 가슴이 무너져 내리는 것만 같았다. 그저 아무 말도 못 하고 수영의 손을 잡아주고만 있었다.

"자기야. 나 왜 이래?"

수영은 굳은 표정으로 성훈에게 물었다. 마치 성훈은 다 알고 있지 않으냐고 묻는듯한 얼굴이었다.

"미안해…."

그 말은 고작 성훈이 할 수 있던 유일한 말이었다. 지난 6년간 수영의 병실을 지키며 수없이 되뇌었던 그 말을 수영에게 하게 되는 순간이었다. 성훈은 그저 그녀가 진실을 알게 되더라도 덜 상처 받기를 원했다.

"왜 안 왔어? 나한테 안 왔잖아."

성훈은 수영의 말에 머릿속이 하얗게 되어버리는 느낌이 들었다. 수영은 한 번도 보지 못했던 슬픈 표정으로 일어나 성훈의 손을 놓았다. 그러고는 피 묻은 옷을 입은 채로 뒤돌아섰다. 순간 주변의 모든 것이 조각나 부서지며 사라져 버렸다. 수영조차도 먼지처럼 부서지며 사라졌고, 어둠 속에 혼자 남게 된 성훈은 수영의 이름을 절규하듯이 불렀지만, 성훈 앞에 아무것도 나타나지 않았다.

❤

"수영 씨도 현실을 인지하는 것 같다는 말씀이네요?"

"네. 자신이 유산한 사실까지 알고 있는 것 같았습니다. 그러고는 사라져 버렸고, 실험이 끝날 때까지 나타나지 않았습니다. 다음 실험에서도 나타나지 않으면 어떻게 해야 합니까?"

"지금까지 실험에서 환자가 나타나지 않은 적은 없었어요. 혹시 그런 일이 생긴다면 그것도 연구과제가 되겠죠."

김 교수가 말하자, 성훈은 미덥지 않은 듯 최 교수를 바라봤다. 그러자 최 교수는 웃으며 고개를 저었다.

"걱정하지 마세요. 또 저 친구 헛소리하는 거니까. 이번 실험 결과를 긍정적으로 생각하세요. 환자에게 현실이 일깨워져야 한다는 부담을 덜었다고나 할까요. 앞으로 환자가 코마를 이겨내야 할 동기를 어떻게 부여할 건지에 대해 실험의 포커스를 맞춰봐야 할 것 같네요."

"지금까지 실험을 통해서 보면 환자는 일종의 현실도피를 하려는 경향이 있어요."

"현실도피요?"

최 교수는 선호의 실험을 예를 들어 말했지만, 성훈은 최 교수가 수영의 경우를 빗대어 말한다고 생각하고 있었다.

"그쪽 세상이 여기보다 더 좋은 거죠. 여기서 겪어야 할 문제가 그쪽엔 없을 수도 있고."

김 교수도 최 교수의 말에 선호를 떠올리며 말했다. 하지만 성훈은 그런 김 교수의 말에 화가 치밀었다. 실험 전에 했던 사과는 마음에도 없는 짓이었고 속내로는 여전히 자신을 비웃고 있다는 생각을 떨쳐버릴 수가 없었다.

"적당히 좀 하시면 안 될까요? 지난 6년 동안 저는 충분히 죄책감을 안고 살고 있습니다. 그렇지만 그 사실을 김 교수님께 매번 이렇게 확인받을 때마다 너무 불편하다 못해 이젠 불쾌하네요."

늘 차분하던 성훈이 쌓여있던 화를 터뜨리자 두 교수는 당황하며 서로 눈치를 보았다.

"어? 난 성훈 씨한테 얘기한 게 아니라 그게…."

"김 교수도 성훈 씨를 뭐라 하는 게 아니라 사정이 있어서…."

"성훈 씨. 지금 오해를 하고 있어요. 내가 성훈 씨랑 수영 씨를 빗대서 그런 말을 한 것도 아니고, 그런 소리를 할 만한 처지가 아니란 것만 알아줬으면 해요."

성훈은 자신이 평소보다 너무 감정적으로 행동하고 있다는 것은 스스로 느끼고 있었다. 하지만 현실을 인지하면서도 깨어나지 않으려 한다는 두 사람의 말은 마치 수영이 자신을 거부한다는 말로 들렸고 그걸 강조하듯이 자신에게 말하는 두 사람에게 그동안 참아왔던 스트레스가 폭발하고 있었다.

"그럼. 그게 무슨 소리입니까. 그쪽 세상이 이쪽보다 낫다는 게? 영훈이라는 사람을 만들어내서 사는 저쪽 세상에 있는 수영이가 충분히 코마 속에서도 행복하다는 얘기 아니면 뭡니까? 나라는 사람이 필요 없다는 말 아닙니까?"

최 교수와 김 교수는 서로 번갈아 얼굴을 바라보며 난처해하고 있었다. 그러다가 먼저 입을 연 것은 김 교수였다.

"성훈 씨. 우리가 세 명의 코마 환자를 두고 실험하고 있다는 거 알고 있죠?"

"…"

김 교수는 성훈의 대답을 기다리지 않고 오해를 풀기 위해 바로 말했다.

"세 번째 실험 대상인 김선호라는 코마 환자가 제 아들이에요. 그 녀석이 지금 코마 속에서 모든 걸 알면서도 깨어나지 않으려고 현실도피를 하고 있는 게 확인돼서 했던 말이고요."

성훈은 김 교수의 말을 듣고는 말없이 한참을 보다가 말했다.

"이 프로젝트에 관계자 가족은 객관성이 떨어지기 때문에 실험대상으로 선발할 수 없다고 처음에 들었던 것 같은데요?"

"네. 맞아요. 그래야 하고요. 하지만 성호씨는 지금 우리가 그걸 어겼다는 걸 알고 있는 세 번째 사람이 됐어요."

김 교수가 씁쓸한 표정으로 말했다.

"제가 이걸 알게 되면서 발생할 불이익이 있다는 겁니까?"

"그건 아닙니다. 그럴 일은 없습니다."

최 교수가 성훈에게 다짐하듯이 확답을 했고, 더는 들을 게 없다고 생각한 성훈이 자리를 일어나려 하자 김 교수가 말했다.

"성훈 씨. 오해하게 만들어서 미안해요. 그러지 말고 나중에 나랑 술이나 한잔해요. 할 얘기도 더 있고."

성훈은 그 말을 듣고는 무뚝뚝하게 말했다.

"저 술 안 마십니다."

성훈이 인터뷰실을 나가자 김 교수가 고개를 절레절레 흔들며 말했다.

"저것도 은근히 싸가지야. 저렇게 답답해서 사회생활은 어떻게 하냐."

"내가 보기엔 둘 다 비슷해 보여."

최 교수가 김 교수를 지나가며 말하고는 문을 닫고 나갔다.

"너는 뭐 나을 것 같아?"

최 교수가 닫아 놓은 문을 향해 김 교수는 화풀이라도 하는 듯 소리를 질렀다.

♥

지선은 실험을 앞두고 멍하니 앉아있었다. 실험을 거듭할수록 늘 반복되는 패턴이 자신을 자꾸만 절망 속으로 빠뜨리는 것 같기에 과연 실험을 계속해도 되는지 확신이 서지 않았다. 기억을 잃어버린 엄마를 만나는 게 무슨 의미가 있는지 모르겠지만, 실험을 통해서 혹시라도 예전의 모습을 만나지 않을까 하는 기대가 있던 것도 사실이었다. 하지만 그럼에

도 무언가 꼭 엄마를 만나야만 한다는 강박관념이 드는 이유는 그저 엄마의 삶이 얼마 남지 않았다는 걸 느끼는 딸의 본능 때문일 수도 있겠다는 생각이 들었다.

"지선 씨. 실험 시작하겠습니다."

지선은 눈을 감았다. 잠시후 심연으로 끌려들어 가듯 무언가 몸에서 빠져나가는 느낌이 들었다. 매번 겪지만 익숙해질 수 없는 느낌이었다. 순간 의식 저 너머에 도착했다는 걸 알았다. 무언가 자신의 손을 잡았기 때문이었다. 눈을 떠보니 어린 시절의 엄마였다.

"언니는 여기 오면 안 된다고 할머니가 그랬어. 빨리 가야 해."

"왜 내가 오면 안 되는 건데?"

"나도 몰라. 할머니가 언니 보면 바로 돌려보내랬어. 안 그러면 큰일 난다고 했어."

어린 엄마는 무슨 얘기를 들었는지 모르지만 정말 초조해하는 얼굴이었다.

"그 할머니한테 언니 좀 데려다줄래?"

"할머니 찾기 되게 어려운데…."

어린 엄마는 곤란하다는 듯이 인상을 쓰며 골똘히 생각에 잠기더니, 무언가 생각이 났는지 '아' 하는 소리를 내고는 지선의 손을 잡아끌었다.

"할머니한테 보물 방이 있어. 할머니는 거기 자주 가니까 어쩌면 거기 있을 거야."

"거기는 안 없어져? 악마들이 안 찾아와?"

"거기는 난 잘 몰랐는데 아줌마랑 할머니가 알려줬어. 아주
꼭꼭 숨겨져 있어서 찾기도 어렵고 아주 튼튼해서 아마 안 부
서질 거야. 폭탄이 터져도 끄떡없을 거야."

지선은 어린 엄마의 손에 이끌려 빠르게 이동했다. 빛과 빛
사이를 연결하던 얇은 하얀 끈들은 가늘었고 남아 있는 것이
얼마 되지도 않았다. 아마도 저 끈들은 기억과 기억을 연결하
는 것이 아닐지 싶었다. 지선은 점점 어두워지는 암흑 속으로
걸어 들어가며 왠지 모를 두려움이 점점 커지고 있는 게 불안
했다. 자기 손을 이끌고 가는 어린 엄마는 과연 진짜 엄마가
맞는지조차 의심스러웠다.

"더 가야 해?"

"아니. 거의 다 왔어."

"여긴 그냥 깜깜하잖아. 아무것도 없잖아."

어린 엄마는 지선을 돌아보더니 '피식'하고 웃었다.

"언니 바보구나. 보물이니까 깜깜한 데 숨겨야 못 찾지."

아주 짙은 어둠 속으로 지선은 이끌려 들어가다가 가장 짙
은 어둠의 문이 열리면서 순간 눈부시게 빛나는 사물이 눈에
들어오더니 사방은 어둠에서 빛으로 변했다. 그곳에는 어지
러이 펼쳐져 있는 아기 이불과 손바닥보다 작은 신발, 모서리
가 둥근 그림책, 그리고 무엇보다도 아기분 냄새와 함께 엄마

의 냄새도 느껴졌다.

"거봐. 할머니 저기 있다."

어린 엄마가 가리키는 방향에는 코마 상태가 되기 전의 모습인 엄마가 바닥 요에 누워있는 아기를 지긋이 바라보며 앉아있었다.

"엄… 마?"

엄마는 지선의 목소리가 들리지 않는 듯 아기만 바라보고 있었고, 지선은 천천히 엄마에게 다가갔다. 엄마가 바라보는 아기는 지선의 아기 시절 모습을 하고 있었다. 그 존재가 엄마에게는 가장 소중한 보물이었다. 세상 행복한 표정으로 아기를 바라보는 엄마를 보니 자신도 모르게 눈물이 글썽거렸다.

"엄마."

몇 걸음 다가가자 마치 늪에 빠진 것처럼 발이 떨어지지 않았다. 발이 닿은 것은 바닥에 설치된 시커먼 철문이었고, 그 철문 아래에서 무엇인가가 묵직하게 자신을 빨아들이는 것만 같았다. 순간 지선의 손을 누군가 잡아당겼고, 끌려가며 그 자리를 벗어난 지선이 쳐다보니 그건 엄마였다.

"절대로 저건 열면 안 돼."

마치 큰일이라도 날 것처럼 두려운 표정으로 엄마는 시커먼 바닥 문을 응시했다.

"엄마. 나야. 지선이. 알아보겠어?"

자신도 모르게 흘러내리는 눈물을 주체하지 못하고 지선이
입술을 깨물며 말했다.

"엄마는 절대로 저게 못 나오게 할 거야. 절대로."

엄마는 사고를 당하기 전 알츠하이머로 사람을 알아보지
못하던 그 시절의 엄마였다. 지선은 혹시나 자신을 알아볼까
싶었던 작은 기대가 사라지고 있었다.

"엄마. 그게 뭔데. 뭐를 못 나오게 하려는 건데?"

지선은 울음을 삼키면서 예전에 오랫동안 그랬듯이 엄마를
다독이며 말했다.

"절대로 저건 나오면 안 되는 거야. 저건…."

겁에 질린 표정으로 있던 엄마는 서서히 멍한 얼굴이 되어
말을 잃더니 우두커니 서 있기만 했다.

"그니까. 여기선 좀 편하게 있지. 왜 이렇게 사서 고생을 하
고 있어."

안타까움이 설움이 되어 다시 눈물로 흐르기 시작했다.

"저건 지선이야. 지선이는 나오면 안 돼."

지선은 순간 귀를 의심했다. 엄마의 말을 들으며 가슴이 서
늘해지는 기분이 들었다. 어차피 이곳은 꿈같은 곳이고 말이
안 되는 상황이 벌어지는 곳이었지만 엄마의 말은 뭔가 다르
게 느껴졌다.

"지선이가 왜 나오면 안 되는 거야?"

"지선이는…. 지선이는…."

엄마는 초점을 잃은 눈으로 지선을 바라보다가 갑자기 말했다.

"지선이 너 여기 왜 와있어!"

엄마는 하루에도 몇 번씩 현실과 망상을 오가고는 했었다. 어느 때는 전혀 환자로 보이지 않을 뿐만 아니라 정상인보다도 더 정상인처럼 보일 때도 있었다. 지선은 바로 지금이 그 순간이라는 걸 알 수 있었다.

"엄마. 여기가 어디인지는 알아?"

"넌 나한테 들어오면 안 된다고 했잖아. 내가 그렇게 계속해서 얘기했잖아. 왜 온 거야. 큰일 나. 어서 돌아가. 어서!"

지선은 잃어가는 기억 속에서조차 자신만을 걱정해 주는 엄마를 보며 다가가 와락 끌어안고 달랬다.

"엄마. 괜찮아. 아무 걱정하지 마. 이젠 마음 편하게 있어도 돼."

"어? 우리 아기 엄마 기다렸어?"

엄마는 바닥에 놓인 아기를 보고는 지선의 품에서 빠져나가 다시 어르기 시작했다. 순식간에 엄마는 다시 알츠하이머 환자로 돌아간 것이었다. 지선은 허탈하게 그 모습을 보며 멍하니 서 있을 뿐이었다.

"몸은 괜찮으세요?"

"네."

지선은 헬멧 벗는 걸 도와주는 연구원의 질문에 짧게 대답했다.

"모니터링에 조금 문제가 있던 것 같더라고요. 자세한 건 인터뷰실에서 교수님들이 말씀해 주실 거예요."

고개를 끄덕인 지선이 의자에서 내려 실험실을 나갔다. 인터뷰실에서 지선을 기다리던 두 사람은 모니터를 보며 심각한 얼굴을 하고 있었다.

"위험할 정도인 거야?"

"위험한 건지 아닌지 알 수가 없지. 표본이 없으니까 대조해 볼 수도 없잖아. 그래서 이전 실험할 때도 내가 중지하자고 한 거였고."

"일단은 무슨 일이 있었는지 알아야 하는 거겠네."

"일단은 그래야겠지? 그런데 지선씨 왜 안 오는 거야?"

"잠깐만."

최 교수가 전화기를 들어 조종실을 연결했다.

"지선씨 마무리 안 됐어? 왜 안 오셔?"

"아까 가셨는데요?"

"어딜?"

"인터뷰실에요."

"무슨 소리야. 우리가 아까부터 기다렸는데."

실험센터의 입구에 설치된 보안카메라가 녹화한 장면을 모두가 보고 있었다. 지선은 아무 일도 없었다는 듯이 실험실을 나와서는 인터뷰실이 아닌 현관을 통해 아예 센터 밖으로 나가버리는 모습이 재생되어 나왔다.

"조교. 지선 씨한테 계속 전화해봐. 무슨 일이 있었는지 말은 해주고 가야지. 만약에 바쁜 일이 있으면 일정 다시 잡도록 하고."

조교는 최 교수의 지시에 따라 휴대폰을 꺼내 전화를 걸었다. 하지만 이내 얼굴에서 휴대폰을 떼어내고는 다시 들여다보기를 반복했다.

"교수님. 지선 씨 전화 여전히 안 받는데요."

"그러면 문자라도 남겨."

하지만 지선은 이후로도 연락을 받지 않았다.

노신사는 지하 주차장에 차를 주차하고는 트렁크를 열어서 골프가방을 꺼냈다. 그리고 트렁크를 닫다가 좀 전만 해도 아무도 없던 옆에 사람이 서 있는 모습을 보고 가슴이 철렁 내려앉았다.

"오건희 선생님?"

들려온 건 묘하게 비틀린 듯한 목소리였다. 성대를 긁어내는 듯한 불쾌한 느낌이 묻어나고 있었다.

"네. 맞습니다만…. 누구시죠?"

모자와 후드를 머리에 쓰고 마스크로 얼굴까지 가렸기에 누구인지 전혀 알아볼 수가 없던 그 사람은 대답 대신 노신사에게 바짝 달라붙으며 재빠르게 팔을 내질렀다. 미처 피하지 못한 노신사는 번뜩이는 칼날이 자신의 복부로 파고드는 것을 그저 바라볼 수밖에 없었다. 복부를 찌른 칼날은 다시금 움직이며 쓰러져가는 노신사를 계속해서 찔러댔다. 칼을 뽑을 때마다 뿜어져 나오는 피가 주변에 뿌려졌고, 상처에서 흘러나오는 피는 흥건하게 고여갔다. 노신사는 눈을 뜬 채로 그대로 숨을 멈췄다.

♥

"아 지독한 놈. 몇 번을 찌른 거야?"

"열두 번이라고 합니다."

감식반이 주차장에서 살해당한 노신사의 시체를 확인하는 동안 먼저 도착했던 강력반 도원형 형사가 반장의 질문에 대답했다.

"피해자는 뭐 하는 사람인데?"

"72세 노인입니다. 부인과 함께 이 아파트에서는 30년이 넘게 살고 있었다고 하는데요."

"없어진 물건은?"

"타고 왔던 차가 없어졌습니다. 지금 수배 내렸어요."

"그냥 차만 얌전히 훔쳐 갈 것이지. 어떤 새끼가 이 피 칠갑을 해놓은 거야…."

두 사람은 시신이 구급대원에게 들려 구급차에 실리는 것을 보았다.

"CCTV 다 확인하고 근방에 수상한 놈들 다 수배 내려. 요즘 사건사고 많아서 정신없는 거 알지? 여기 당분간은 네가 전담해서 진행해서 보고해."

"네."

반장의 말에 도 형사가 대답했다. 그는 지하 주차장의 천장을 이리저리 돌아보다가 CCTV가 별로 눈에 띄지 않는 것을 보고는 한숨을 내쉬었다.

성훈과 김 교수가 두 번의 실험을 더 진행하는 동안 지선은 여전히 연락되지 않았다. 별다른 진전이 없는 수영과 선호의 상태도 문제였지만, 보호자가 나타나지 않는 지선의 엄마 서현의 실험은 사례의 폐기까지 이야기가 나오는 상황이 되었다. 이전과 크게 다를 것 없이 수영과의 갈등이 벌어지는 실험 과정을 설명한 성훈이 착잡한 표정으로 교수들의 말을 기다리고 있었다.

"성훈 씨."

침묵 속에서 먼저 말을 꺼낸 건 김 교수였다.

"네."

"나도 그렇지만 성훈 씨도 그렇고 둘 다 진행 상태가 제자리걸음이잖아요?"

"…"

"우리 새로운 시도를 해봅시다."

"뭘 하려고 또."

김 교수가 하려는 말은 함께 있던 최 교수와도 상의 되지 않은 내용인지 김 교수의 돌발발언을 최 교수는 제지하려고 했다.

"우리 프로젝트에 코마 환자가 세 명이라는 건 알고 있죠?"

"네."

"그중 한 명이 지금 가족이 없어요. 아니 연락이 안 돼요. 사람 그렇게 안 보였는데 엄마를 여기에 버리고 간 거 같아."

"무슨 일이 생긴 걸 수도 있죠. 무턱대고 사람을 그렇게 말씀하시는 건 경우가 아니지 않나요?"

성훈은 김 교수가 지선을 뒷담화하자 자신도 모르게 버럭 화를 냈다. 지선이라는 사람이 가까운 사이도 아니고 그저 차

한잔을 나눈 잘 모르는 사람이라고는 해도 저 경망스러운 김 교수가 함부로 말해도 되는 사람은 아닐 거란 생각이 들었기 때문이었다.

"그렇지? 내가 생각이 이렇게 짧아. 미안해요. 성훈 씨. 내가 또 실언한 것 같네. 그러니까 내가 하고 싶은 말은 뭐냐면. 성훈 씨가 그 지선 씨 엄마의 의식으로 한번 들어가 보면 어떨까 하는 거예요."

"제가 왜…?"

"물론 마음이 내키지 않으면 할 필요는 없어요. 무언가 막혀서 진행되지 않다 보니까 다른 사례를 경험해 보는 것도 좋지 않을까 싶어서 그러지. 솔직히 말하자면 우리 아들도 애 엄마가 들어갔을 때는 난리 아주 개 난리가 났었는데. 내가 들어가고서는 안 나오려고 해서 그렇지 그나마 서로 별문제 없이 대화는 되고 있거든요."

"그러니까 그 어머니한테 제가 접속하는 게 수영이 치료에도 도움이 될 수 있다는 건가요?"

성훈의 질문은 최 교수를 향한 것이었다. 최 교수는 골똘하게 생각하다가 고개를 끄덕였다. 도움이 될지 해가 될지는 솔직히 알 수 없겠지만 일단은 실험을 진행한다면 실험 B를 폐기하는 경우는 막을 수 있으므로 고개를 끄덕인 것이었다.

"그럼 한 번만 시도해보겠습니다. 보호자가 없는 환자를 대상으로 저를 겸사겸사 이용하려는 게 아니라면요."

"절대. 네버."

눈을 동그랗게 뜨며 아니라고 호들갑스럽게 부인하는 김 교수를 보며 성훈은 자신을 이용하려는 수작이라고 확신이 들었지만, 최 교수도 동의한 일이기에 말한 그대로 진행하기로 마음먹었다. 이어지는 실험에서 대상자가 다른 실험이라고는 해도 성훈이 느끼는 과정은 별다르지 않았다. 다만 의식이 옮겨지고 눈을 떴을 때 수영의 의식과는 달리 한 치 앞도 보이지 않는 안갯속에 자신이 서 있다는 사실이 낯설었을 뿐이었다. 실험을 진행하는 데 앞서 두 교수가 자신에게 제공했던 실험 B 정서현 환자의 기존 실험 인터뷰 결과를 보면서 떠올렸던 것보다 알츠하이머 환자의 의식은 훨씬 몽환적이란 생각이 들었다. 일단 성훈은 어디로든 걸어보기로 했다. 그런데 몇 걸음 걷기도 전에 누군가의 손이 허리춤을 잡아채는 게 느껴졌다.

"아저씨. 큰일 나. 거기는 낭떠러지야."

안개인지 뭔지 모를 것이 잠시 걷히는가 싶더니 시커먼 암흑이 눈앞에 펼쳐졌기에 성훈은 깜짝 놀라 뒤로 물러나다가 쓰러졌다. 그러자 성훈이 넘어지는 모습을 본 어린 서현이 깔깔거리며 웃어댔다. 성훈은 아이의 모습을 확인하고는 말했다.

"네가 서현이구나?"

"어?"

서현은 깜짝 놀라서는 말했다.

"아저씨도 나 알아?"

"응. 지선이 언니한테 들었어."

성훈은 기록을 통해 어린 시절의 서현이 지선을 언니라고 불렀다는 부분이 기억났다.

"와. 아저씨 그럼 지선이 언니 알아?"

성훈은 솔직히 안다고도 할 수 없는 사이라고 말하고 싶었지만, 고개를 끄덕이며 말했다.

"그럼 알지."

"그럼 인사해. 지선 언니랑."

주저앉아 있던 성훈은 아이의 시선에 따라 고개를 돌려 올려다봤다. 자신의 뒤에는 어느새 와있었는지 모르지만, 지선이 서 있었다.

"지선 씨?"

"성훈 씨? 여기 지금 들어오신 거예요?"

지선이 성훈의 얼굴을 알아보고는 놀라며 말했다.

"연락이 안 된다고 교수님들이 저보고 실험을 대신 진행해 달라고…."

거기까지 말하던 성훈은 가슴이 철렁 내려앉는 기분이 들었다.

"왜 여기 계신 거죠? 의식이 원래대로 돌아간 게 아닌가요? 어떻게 된 거죠?"

"어서 빨리 가세요. 그리고 당장 실험을 멈추라고 하세요. 이건 성훈 씨까지도 위험하게 만드는 실험이에요."

지선의 다급한 말에 성훈도 한층 긴장되어 물었다.

"왜요. 뭐 때문에 위험한 건데요."

"제 몸을 빼앗겼어요."

지선의 말에 성훈은 말문이 막혀 잠시 멍하니 있었다. 무슨 말인지 짐작이 가면서도 이해가 되지는 않았다.

"누구한테요?"

"그건 저도 모르죠. 어서 가서 실험 멈추시고 제 몸 찾아서 절 여기에서 꺼내주세요. 제발요."

지선은 성훈의 손을 잡아끌어 일으켜 세웠다.

"무턱대고 실험을 멈추라고 할 수는 없잖아요. 무엇 때문인지 짐작이라도 가는 게 있을 거 아녜요?"

지선은 답답하다는 듯이 잠시 눈을 감았다가 뜨며 단호하게 말했다.

"우리는 지금 다른 사람의 의식에 접근하는 실험을 하고 있는 게 아니라 보호자의 영혼을 뽑아서 환자의 몸에 넣는 실험을 하고 있다고요. 어서 가세요. 그쪽마저 갇혀버리면 답이 없어요."

지선은 성훈의 손을 잡아끌더니 눈앞에 있던 벼랑으로 끌고 갔다. 성훈이 본능적으로 떨어지지 않기 위해 버티려 하자 지선이 말했다.

"성훈 씨 몸에 내가 대신 들어가기를 원하는 건 아니죠?"

순간 성훈이 그 말에 버티기를 멈추자, 지선이 밀어내는 힘으로 낭떠러지에서 떨어지며 비명을 질렀다.

"으허억!"

온몸에 흐르는 식은땀 때문에 손바닥까지 축축하게 젖어있는 채로 성훈은 눈을 떴다.

"성훈 씨. 괜찮아요?"

성훈은 헬멧을 벗겨주러 담당자가 다가오기도 전에 스스로 헬멧을 벗어 던졌다.

"성훈 씨. 아직 시간이 안 됐는데 무슨 일이에요?"

"아냐. 성훈 씨 이따가 인터뷰실에서 얘기하시고, 일단 지금은 진정하세요."

성훈에게 질문하는 최 교수의 말을 김 교수가 가로막았다. 실험을 처음 하는 사람도 아닌 성훈이 저렇게 놀랄 정도라면 왠지 다른 연구원들에게 공개적으로 말해서는 안 될 내용이 있을 거란 짐작이 들었기 때문이었다. 성훈은 차갑게 저리는 손끝을 느끼며 손을 몇 차례 쥐어보았다. 순간 이명처럼 무언가 귓가를 속삭이며 지나가는 게 느껴졌다. 그건 남자의 굵은 울림 있는 목소리와 여자의 비명처럼 들렸다.

"무슨 일이 있던 겁니까?"

실험이 끝난 지가 한참이 되었음에도 무언가에 놀란 사람처럼 여전히 긴장하고 있는 성훈에게 인터뷰실에서 최 교수가 다시 한번 물었다.

"지선 씨가 있었습니다."

"지선 씨라뇨?"

"그 어머님 의식에 들어갔을 때 지선 씨를 만났어요. 당장 실험을 멈추라면서 저를 밀어냈습니다."

"실험을 멈추라고요?"

김 교수가 의아해하며 말했다.

"지선 씨는 코마 환자의 의식에 접근한다는 이 실험이 사실은 보호자의 영혼을 추출해서 환자의 육체에 넣는 과정이라고 했습니다. 그래서 자신은 비어있는 몸을 다른 존재에게 빼앗긴 상태라고 했고요."

성훈이 말을 마치자, 최 교수는 고개를 끄덕였지만, 성훈의 말을 믿지 않는 얼굴이었다. 하지만 김 교수는 심각한 얼굴로 성훈의 말을 들으며 선호의 말을 떠올렸다. 누군가 안으로 들어가게 해달라고 말했다는 그것이었다. 두 교수의 반응을 보면서 성훈은 평소 알고 있던 두 사람의 반응이 바뀐 건 아닌가 하는 생각이 들었다.

"뇌파를 동기화하면 영혼이 빠져나간다. 학계가 깜짝 놀랄 만한 이야기네요."

최 교수는 마치 어린아이에게 설명하듯이 천천히 말하기 시작했다.

"성훈 씨. 의식이라는 건 뇌의 영역이에요. 수영 씨의 의식에 성훈 씨가 지속해서 접근하며 친밀도를 올리는 게 환자의 회복에 도움을 주는 것처럼 접근한 그 횟수만큼 뇌에 자극을 남긴다고 생각해 보세요. 그건 지나간 발자국일 수도 있고 사람 형태의 모습일 수도 있어요. 성훈 씨가 본 건 지선 씨가 아니라 지선 씨가 남긴 흔적을 보고 온 겁니다."

"제가 본 게 흔적일 뿐이라고요?"

"네."

"단순한 흔적이 그런 상황을 추론해서 설명까지 해주는 지능을 가지고 있다는 건가요?"

"그건 성훈 씨가 상상하셨던 부분이 아닐까요? 이 시스템에 대한 의심 같은 게 혹시 있었을지도 모르죠. 실험 전 사전 인터뷰를 보면 성훈 씨는 애초에 실험을 통해 수영씨를 만난다는 것조차도 의심하셨으니까요."

최 교수가 성훈의 주장에 대해 절대 일어날 수 없는 일이라고 말하자, 김 교수가 나서며 말했다.

"스트레스에요. 스트레스."

"스트레스라고요?"

"네. 제가 지금까지 실험을 통해서 보아온 게 있는데 특이 사항이 있었어요. 제 아들도 그렇고 성훈 씨도 그렇고 기계오류를 의심하기도 했거든요. 과도한 스트레스라면 충분히 설명할 수 있어요."

"그러면 스트레스 때문에 지선 씨도 실험에 참여하지 않는 건가요? 연락도 끊고."

"과학은 거짓말을 하지 않아요. 결과를 해석하는 사람들이 잘못 이해하는 거죠."

두 사람의 대화에 최 교수가 끼어들었다.

"그러면 성훈 씨는 의식 속에서 만난 지선 씨의 말대로 지금의 실험이 영혼을 추출하는 거로 생각하시는 건가요?"

"그건 저도 모르겠습니다."

확신하지 못하는 표정으로 성훈이 대답했다.

"그러면 앞으로의 실험은 어떻게 하실 건가요? 말씀하신 대로 영혼이 추출된다던가 그런 게 걱정되신다면 진행이 어려울 것 같은데요."

성훈은 지선의 말대로 영혼이 빠져나가고 육체를 빼앗긴다면 어떻게 되는 걸까 하는 생각을 잠시 했다. 하지만 그런다고 수영과 대화 할 수 있는 유일한 시간을 포기한다는 건 아까운 짓이었다. 무모할지 몰라도 수영을 데려올 수만 있다면 해야 할 일이라고 생각했다.

"저는 계속 참여할 겁니다. 실험을 멈추지 않겠습니다."

성훈은 최 교수를 돌아보며 확실하게 말했다. 성훈은 마음 한구석에서 의심의 싹이 자라기 시작했지만 수영을 위해서라면 무엇이든 해야 한다고 생각했다. 집으로 돌아가는 성훈에게 메시지가 도착했다.

- 성훈 씨. 저 김요한입니다.
술 못하시면 차라도 같이 한잔하시죠. 할 얘기가 있습니다.

'김요한? 김 교수? 이 인간 또 무슨 시비를 걸려고?'
성훈은 김 교수의 문자가 별로 내키지는 않았지만 수영과 관계되는 일일 거라 짐작되었기에 무시하기도 어려웠다. 약속을 잡고 기다리다 보니 김 교수가 멀쑥한 차림으로 나타났다.
"많이 기다렸어요?"
"그다지….."
"커피는 오늘 많이 마셨는데…. 성훈 씨 진짜 술 안 해요?"
"네. 수영이 저렇게 있고 나서부터는 안 합니다."
"나랑은 하나도 안 맞네. 난 우리 선호 저렇게 되고 나서부터 시작한 건데. 마시지는 않아도 같이 앉아서 이야기 들어줄 수는 있죠?"
김 교수는 성훈을 데리고 허름한 술집으로 갔다. 시끌벅적한 사람들 속에서 찌개 냄새와 고기 굽는 냄새가 진동하고 있었다. 성훈은 그러고 보니 이런 장소에 와본 지도 참 오래 됐다는 생각이 들었다.

"이모. 여기 소주 세 병하고 술국 두 개 줘요. 성훈 씨. 여기가 보기엔 이래도 생각보다 맛집이야."

"제가 헷갈려서 그러는데요. 반말하시려면 그냥 반말하시고, 존대하시려면 존대를 끝까지 하시죠."

"까칠하긴….""

김 교수는 탁자에 놓이는 소주병을 하나 들어 뚜껑을 열면서 투덜거리듯 말했다.

"그러면 반말 허락했으니까, 반말로 하지 뭐."

"하실 얘기가 뭔데요?"

"뭐가 그렇게 급해. 집에 누가 기다려?"

"아뇨."

"나도 그래. 그건 서로 같네. 그래 이렇게 하나씩 서로 알아보자고."

"지금 뭐 하시려는 건데요?"

성훈이 조금 언짢은 말투로 말하자 김 교수는 안주가 나오기도 전에 소주를 맥주컵에 따라서는 벌컥거리며 한 번에 마시고는 말했다.

"성훈 씨. 혹시 실험 끝날 때마다 이상한 소리 들린 적 없어?"

성훈은 김 교수의 말에 떠오르는 것들이 있었지만 모른 척 대답했다.

"어떤 소리를 말씀하시는 거죠?"

"보이지 않는 사람 목소리."

성훈은 지선이 말했던 내용이 머릿속을 스쳐 지나갔다. 실험이 진행되는 동안 영혼이 빠져나간 육체를 차지하려는 다른 존재들에 관한 이야기였다.

"그건 과학을 전공하시는 분이 거론할 대상은 아니지 않나요?"

"난 이상한 소리 들은 적 없냐고 물은 건데 성훈 씨는 자꾸 말을 돌리네."

김 교수가 자신의 컵에 다시 술을 따르는 동안 성훈은 아무 말도 하지 않았다.

"과학은 거짓말을 안 해요. 거짓말은 사람이 하는 거지. 진실은 저기에 분명하게 있는데 그걸 보지 못하는 게 사람이거든. 진실을 있는 그대로 봐야 하는데 다 자기 입맛에 맞게 보기도 하고. 세상에 존재하는 걸 설명할 수 없다고 해서 그게 존재하지 않는 게 되는 건 아닌데 말이야."

"그럼, 지선 씨를 봤다고 제가 한 말을 김 교수님은 믿으신다는 겁니까?"

"글쎄. 믿는다기보다 그동안 설명할 수 없던 것들이 성훈 씨 말대로라면 가능한 일이 될 수도 있으니까."

성훈은 조바심이 났다. 지선의 말이 사실이라면 실험은 중

단되어야 한다. 하지만 실험이 중단된다면 수영의 미래는 장담할 수 없게 된다. 만일 수영이 현실로 돌아오고 싶어 하지 않는다면 영원히 저 코마 상태로 삶을 마감해 버릴지도 모를 일이었다.

"그럼 김 교수님은 그걸 해결할 방법이 있습니까?"

성훈의 질문에 김 교수는 눈을 멀뚱멀뚱 뜬 채로 답했다.

"지금 성훈 씨 설마 고스트버스터즈 같은 영화를 생각하는 거 아니지?"

"그게 가능한 건가요?"

성훈은 의식 전달 장치를 만든 김 교수라면 혹시라도 가능하지 않을까 하는 생각이 순간 들었다.

"다짜고짜 귀신을 어떻게 잡아. 귀신이 뭔지부터 정의를 하는 것부터 시작해야지. 그렇게 해서 귀신 잡는 거 하나 만들려면 또 몇 년 걸리겠지?"

떨떠름한 표정으로 김 교수가 말했다.

"그럼, 오늘 저를 왜 만나자고 하신 거죠?"

성훈은 짜증이 나기 시작했다. 김 교수가 말끝마다 악의 없는 농담을 섞어서 쓰는 건 알고 있지만 수영이 코마에 빠진 이후로 마음의 여유가 없어진 뒤로는 그런 농담을 듣고 즐길 수가 없었다.

"실험은 계속 해야 하잖아. 성훈 씨나 나나. 깨워야 할 사람이 있으니까."

김 교수는 다시 맥주컵에 따른 소주를 비워내고는 말했다.

"최 교수가 한 말 믿어?"

"제가 만난 지선 씨가 그저 기억 속에 박힌 흔적이라는?"

"응. 최 교수가 물론 전문가이기는 하지만 솔직히 나도 그건 못 믿겠거든. 만약 지선 씨가 사실을 말한 거라면? 성호 씨 그래도 시도할 거야? 몸을 빼앗길 수도 있는데? 몸 빼앗기고 수영 씨 깨어나면 그게 무슨 소용이야?"

성훈은 김 교수가 숨겨둔 자신의 고민을 마치 꺼내어 읽기라도 하는 것처럼 말하자 달리 뭐라 반박할 거리가 없었다.

"내가 왜 그딴 기계를 만들었는지 알아? 나 숨 막혀서 못 살겠다고 이혼해 놓고, 애가 무슨 일을 당하고 사는지 관심도 없던 아비라는 새끼가 자식놈이 자살 시도하다가 식물인간이 되었다는 이야기 듣고 나서 미친 듯이 만들었어. 혹시나 저대로 떠나버리면 어쩌나 싶어서. 그 전에 대화라도 한번 해보고 싶어서."

성훈에게 하는 말이었지만 성훈에게는 김 교수가 김 교수 자신에게 하는 푸념처럼 들렸다.

"성공하셨네요. 덕분에 저도 수영이랑 다시 만났으니까요."

"아니지. 이걸로 끝나면 안 되지. 저쪽 세상으로 가는 법을 찾았으니까, 이젠 저쪽 세상에서 데려와야지."

"그 방법을 모르는 거잖아요."

"기다려야지. 예전처럼 무턱대고 깨어날 때까지 기다리는 거랑은 다르잖아. 지금은 우리가 찾아가서 기다리는 거니까."

"저도 한 잔 주세요."

성훈은 답답한 마음에 김 교수에게 술잔을 내밀었다. 김 교수가 따라준 술을 한 번에 털어 넣은 성훈은 답답한 목이 씻겨 내려가는 기분이 들었다.

"최 교수 그 인간은 그냥 실험이 목적일지 몰라도, 난 아니거든. 난 저 환자들 문제없이 다 깨우는 게 목적이야."

김 교수는 보이지도 않는 환자들을 가리키듯 허공을 가리키며 말했다. 성훈이 보기에 술기운이 올라오는 것 같았다. 김 교수가 정작 필요한 이야기는 하지도 못하고 술에 취해버리는 게 아닐까 하는 생각이 들어 성훈은 다시 물었다.

"그래서 저한테 하시려던 말씀이 뭡니까?"

"찾아야지."

"뭐를요."

"지선 씨를 찾아야지. 그래서 진짜 지선 씨한테 다른 영혼이 들어간 건지 아니면 무슨 사정이 있는 건지 알아내야지."

"기계는 교수님이 만들었는데 제대로 돌아가는지 의심하면 안 되는 거잖아요. 실험을 통해 이동하는 게 의식인지 영혼인지 구분도 못 하면…."

"우연이었어…"

김 교수의 말은 혀가 풀려 목으로 삼키듯 흘러나왔다.

"우연이라뇨?"

"테스트제품이 지금 실험에 쓰고 있는 제품이야. 유일하게 만든 게 하나야. 똑같은 걸 만들 수가 없어. 내가 만들었어도 내가 만든 게 아니야."

김 교수의 말을 이해하지 못한 성훈에게 김 교수는 초점을 잃고 흐려진 눈으로 말했다.

"하나뿐이라고…. 언제 멈출지 언제 고장 날지도 모르고…. 어쩌면 정말 영혼을 뽑아내는 기계일지도 모…."

김 교수는 말을 맺지 못하고 탁자에 엎어졌다.

"술도 잘 못 마시면서 무슨…."

그 모습을 보고 있던 성훈은 긴 한숨을 내쉬고는 자신의 잔에 술을 가득 채우고는 단숨에 들이켰다. 과학이니 뭐니 늘 떠들던 과학자가 자신이 만든 기계를 믿을 수 없다고 말했다. 자신이 만났던 지선이 진짜 육체를 빠져나온 영혼이었는지 아니면 기억의 흔적이었는지는 김 교수의 말대로 실제 지선을 찾아내면 될 일이었다. 김 교수가 아무리 미덥지 않은 사람이더라도 아들을 두고 거짓말을 할 사람은 아닐 거로 생각했다. 연구 결과인 기계의 태생적 결함까지 술기운을 빌어 말해준 사람이니 일단은 믿어보기로 했다. 그러다 문득 쓰러진 김 교수를 어디로 데려가야 할지 몰라 곤란하다는 생각이 들었다. 가게에서 크게 틀어 놓은 뉴스 소리가 귀에 거슬렸다. 성훈은 잔을 가득 더 채우고서는 마치 맹물처럼 마셨다.

- 사건이 벌어진 지 3일째 범인의 행방이 묘연한 가운데에 범인이 범행 후 탈취한 차량은 강원도에서 버려진 채로 발견되었습니다….

♥

"아 좀. 해장이나 하고 가자니까."

"거의 다 왔으니까 얼른 찾아보기나 하고 헤어지시죠."

"내가 속이 쓰려서 못 움직이겠어. 성훈 씨. 나 좀 살려주라. 집에 데리고 가서 재워주기까지 해놓고서 왜 야박하게 그래."

"정신을 잃은 사람을 길바닥에 버려두고 갈 순 없잖아요. 저도 좋아서 집에 모시고 갔던 건 아니었습니다."

"아 또 삐딱하게 구네."

"저기 아닌가요?"

성훈은 멀리 보이는 주택을 가리키며 김 교수에게 말했다. 비슷비슷한 주택들이 모여 있는 동네에서 주소를 확인하던 성훈이 지선의 집을 어림으로 가늠하고는 말한 거였다.

"아. 독한 인간. 끝까지 말 안 듣네."

투덜거리던 김 교수도 주소를 확인하고는 성훈이 가리켰던 집 앞에 도착해 멈춰 섰다.

"여기 맞는 거 같은데…. 뭐지? 문 열려있는데?"

김 교수는 벨을 누르려고 손을 올리다가 열려있는 문을 밀어보았다. 불편한 쇳소리를 내며 철문이 열렸고, 김 교수가 문을 넘어섰다.

"그냥 벨을 누르시죠. 그렇게 무턱대고 들어가시지 말고."

"문이 열려있잖아. 아가씨 혼자 사는데 문도 안 잠그고 있다는 게 이상하지 않아?"

"잠시 밖에 나가기라도 했나 보죠."

"저것 봐. 안쪽 현관도 열려있잖아. 문이 다 열려있는데 이래도 안 이상해?"

집으로 무작정 들어가는 김 교수의 뒤를 따라 성훈은 내키지 않았지만, 집 안으로 들어섰다. 좁은 마당엔 오랫동안 손을 대지 않은 것처럼 잡초가 자라있었다. 김 교수는 슬그머니 현관문을 잡아당겨 열고는 멈칫하면서 안을 주시했다. 김 교수의 뒤에서 성훈이 집안을 들여다보았다. 집안은 온갖 살림이 내동댕이쳐진 쓰레기장 같은 상태였다.

"아이고, 지선 씨가 청소를 잘 안 하나 보네…"

김 교수는 발 디딜 곳을 찾아 움직이며 말했다.

"이건 청소가 문제가 아니라 도둑이 들었던 것 같은데요?"

"사람이…. 청소를 좀 안 했다고 그렇게까지 표현하는 건 좀 그렇지 않아?"

김 교수는 혹시나 지선이 집안에서 듣고 있지는 않을까 봐 신경을 쓰는 모양이었다.

"이건 청소의 문제가 아니라는데 자꾸 그러시네. 여기는 사고가 있었던 거라고요."

"두 분은 여기 무슨 일일까요?"

낯선 목소리에 성훈과 김 교수가 동시에 뒤돌아보았다. 두 명의 건장한 남자가 현관을 막아서고 있었다. 험상궂게 생긴 두 사람 중 한 명은 손을 허리 허리춤으로 가져간 채로 얼핏 보이는 검은 막대를 꺼낼 준비를 하고 있었다. 성훈과 김 교수는 무언가 잘못되었다고 생각하는 게 통했는지 서로 얼굴을 쳐다보았다.

♥

"저희는 지선 씨가 연락이 안 돼서 거기에 찾아간 게 답니다. 무슨 일이 있었는지는 전혀 모른다고요."

김 교수가 상황을 설명했지만, 키보드를 두드리며 조서를 작성하던 도 형사는 별다른 반응이 없이 말했다.

"그냥 참고인조사니까 걱정하지 마시고요. 다시 여쭤보겠습니다. 두 분은 홍지선 씨하고는 정확히 무슨 사이입니까?"

"저희가 지선 씨의 어머님을 보호하고 있습니다. 어머님이 현재 알츠하이머 환자이자 코마 환자이신데, 저희가 현재 코마 관련 프로젝트를 진행하고 있거든요. 저는 그 프로젝트의 팀장 김요한입니다. 보호자인 지선 씨가 2주가 넘게 연락이 안 돼서 집으로 여기 성훈 씨와 함께 찾아온 겁니다."

도 형사는 마저 타이핑을 하고는 말했다.

"가장 최근에 홍지선 씨를 만나신 게 언제입니까?"

"2주 전 실험을 마지막으로 사라져서는 연락도 안 되고 나타나질 않았습니다."

"실험이요? 무슨 실험인지 말씀해 주실 수 있나요?"

"아…. 그게…."

김 교수는 진행 중인 실험의 내용을 말하는 게 껄끄러웠는지 머뭇거렸다.

"형사님. 사람을 경찰서로 데려왔으면 왜 데려왔는지부터 말씀해 주셔야 할 것 같습니다만?"

잠자코 있던 성훈이 날이 선 채로 말했다. 무턱대고 형사들에게 잡혀 끌려오면서 한마디도 하지 않고 참아왔지만, 짜증이 터져 나오려던 참이었다.

"성훈 씨. 내가 알아서 할 테니까 그냥 있어."

김 교수가 성훈을 막아서며 말했다.

"무슨 일 때문인지 모르지만, 저희는 무고한…."

"살인사건 용의자입니다. 그쪽에서 알고 계시는 홍지선 씨가."

도 형사의 말에 김 교수는 잠시 말문이 막혔다. 혹시라도 지선에게 무슨 안 좋은 일이라도 생긴 건 아닐지 어렴풋이 짐작이야 했지만, 지선이 살인사건의 용의자라는 건 전혀 생각

코마, 콤마

지도 못한 이야기였다.

"무슨 살인사건을…. 지선 씨는 그럴 사람이 아닌데?"

김 교수의 말에 도 형사는 마치 그럴 줄 알았다는 듯이 빙 긋 웃었다. 강력범의 주변에서 흔하게 볼 수 있는 반응이었기 때문이었다.

"잘 아시나 보네요? 홍지선 씨에 대해서?"

도 형사가 말하자 김 교수는 뭔가 자신이 의도하지 않은 방향으로 대화가 흘러갈 수도 있겠다는 느낌이 들었다.

"아니. 개인적으로 그렇게 잘 아는 건…."

"지선 씨가 살인범이라는 증거가 있습니까?"

성훈이 도 형사에게 물었다. 도 형사의 직감으로는 김 교수보다 성훈이 지선과 더 가까운 사이라는 생각이 들었다.

"살인 현장에서 피해자 차량이 도난당했어요. 강원도에서 결국 발견되기는 했는데 이게 길가에 버려둔 걸 어떤 놈들이 또 훔쳐 타고 가다가 수배에 걸린 거예요. 차 안에서 나온 지문들을 다 돌려봤는데 나온 지문마다 사건 발생 시간엔 다 알리바이가 있었고, 유독 이상한 지문이 하나 남더라고요. 피해자하고 무슨 관계인지는 모르지만, 홍지선 씨 지문이 운전석하단 위치 조절 레버에서 나왔어요."

도 형사가 의기양양한 표정으로 두 사람에게 자신이 얼마나 생고생해서 범인을 유추할 수 있었는지를 설명했다.

"그래서 홍지선 씨 자택 근처에서 잠복하고 있었는데 두 분이 집으로 들어가시는 걸 본 거고 지금처럼 여기로 모신 거죠."

사람이란 겉모습만 보고 전부를 알 수는 없다고 하더라도 성훈은 최소한 지선이란 사람이 다른 사람을 죽일 만큼 악한 사람은 아니라고 생각했다. 만일 도 형사의 말대로 정말 사람을 죽였다면 그건 지선이 아닌 지선의 몸을 차지한 그 무엇인가가 저지른 일이라고 생각했다.

"피해자는 누굽니까?"

김 교수가 물었다.

"어떤 할아버진데…. 살해 동기를 알 수가 없어요. 가족들 말로는 은퇴하신 의사라고 하는데…."

"의사라면 의료사고나 그런 게 있었던 걸까요? 원한을 살 만한?"

"글쎄요. 정신과 전문의셨다고 하는데…."

도 형사는 문득 무언가가 떠올랐다는 듯이 말했다.

"홍지선 씨가 무슨 실험에 참여한 건지 말씀해 주실 수 있을까요? 사건을 풀어가려면 협조해 주셔야 할 것 같아서요?"

"그건 지선 씨가 아닐 겁니다."

성훈이 무언가 골똘히 생각에 잠긴 눈으로 말했다.

"네?"

도 형사는 성훈의 말을 알아듣지는 못했지만, 김 교수가 성훈이 더는 말하지 못하도록 팔꿈치로 건드리는 모습을 놓치지 않았다.

"지금 제가 반드시 들어야 할 사연이 있는 것 같은데요?"

"지선 씨는 영…."

"스트레스를 많이 받았어요."

김 교수가 영혼 이야기를 꺼내려는 성훈의 말을 잘랐다.

"어머니가 알츠하이머병를 앓고 계시던 차에 코마 상태까지 되셨으니, 하나밖에 없는 딸이 스트레스를 안 받으면 그게 더 이상한 게 아닐까요?"

도 형사는 고개를 저어 보이고는 말했다.

"용의자가 어떤 심리상태인지 알려주시려는 건 알겠는데 끝까지 무슨 실험인지를 말씀 안 해주시네요."

김 교수가 능글맞게 웃으면서 대답했다.

"일단 저희 실험과 사건은 직접적인 연관이 없고 게다가 …."

김 교수는 도 형사의 귓가에 몸을 숙이고는 조용히 속삭였다.

"우리 실험에 재정적인 지원을 해주시는 곳이 비공개 비밀 실험을 조건으로 걸어서 어쩔 수가 없네요…."

도 형사는 어이없다는 듯이 헛웃음을 지으며 말했다.

"혹시 그렇다면 그 실험 참관도 어렵나요?"

김 교수는 그 말에 인심을 쓰는 것처럼 말했다.

"만약에 오시게 되면 제가 참관할 수 있도록 힘써보죠."

♥

　참고인조사를 마치고 경찰서를 나오며 성훈은 김 교수에게 물었다.

　"교수님은 지선 씨가 다른 영혼에 몸을 빼앗겼다고는 진짜 생각 안 하시는 건가요?"

　"지금까지 그건 그냥 짐작일 뿐이고. 단정을 짓는다는 건 위험한 일이니까. 무슨 일이 벌어지고 있는 건지 모르면서 무턱대고 확신하면 안 되지. 나 성훈 씨가 보기엔 지금 이렇게 허술해 보여도 과학자거든. 과학은 과정과 결과로 보여주는 거야."

　"그럼, 지선 씨의 영혼이 엄마의 몸에 갇혀있다는 것도 그런 과학으로 증명하실 수 있다는 건가요?"

　"물론이지. 시간이 걸릴지는 모르지만 말이야….'

♥

　도 형사는 성훈과 김 교수의 진술 내용을 보면서 현시점이 아닌 과거의 원한 관계에 집중해야겠다고 생각했다. 살인사건의 피해자인 오건희 씨는 은퇴한 정신과 전문의였다. 운영하던 병원은 이미 십여 년 전에 문을 닫았기에 진료기록도 확인할 수 없었다. 다만 피해자의 가족을 통해 과거에 병원에서 근무하던 간호사의 연락처를 알아냈기에 지푸라기라도 잡는 심정으로 연락을 해봤다.

"김이정 씨 되시나요?"

"누구시죠?"

"네. 저는 남부경찰서 강력계 형사 도원형이라고 합니다."

"경찰이요?"

"네. 혹시 오건희 씨 기억하시나요?"

"네. 오 원장님이요."

"네. 이틀 전에 살해되셨습니다."

"네…?"

"아. 뉴스를 안 보셨나 보네요."

수화기 너머의 목소리가 들려오지 않았다.

"여보세요?"

"네…."

"혹시 과거에 오 원장님하고 같이 근무하실 때 홍지선 씨라는 환자분이 있었는지 기억하시나요?"

도 형사의 질문에 이정은 한층 힘이 빠진 목소리로 대답했다.

"아뇨. 그 많은 환자를 어떻게 이름까지 다 기억하나요. 진료기록을 봐도 그때 기억이 날까 말까, 할 텐데."

"오 원장님 병원이 폐쇄되고 진료기록은 다 어떻게 처리됐

나요?"

"제가 알기론 후배 되시는 분한테 진료기록을 모두 넘기신 걸로 알고 있어요. 계속 치료를 받아야 하는 분들도 계시니까 연속성 때문에 환자랑 진료기록도 함께 넘기신 거죠."

"혹시 그럼 진료기록 인수하신 곳이 어디인지 알려주실 수 있을까요?"

"네 알려드릴게요. 아 그분 요즘 방송에도 가끔 나오시던 분인데."

♥

김 교수와 성훈은 허름한 골목을 끼고 돌았다.

"어디로 가시는 겁니까?"

"우리가 해결해야 하는 문제를 실험으로 증명하는 것보다 빠른 방법이 있다면 성훈 씨는 어떻게 할 거야?"

"일단 시도해 보겠죠."

성훈은 망설임 없이 말했다.

"그래. 이제야 뭔가 통하는 느낌이네."

김 교수는 골목 한 귀퉁이의 허름한 문을 열고 들어갔다. 성훈은 김 교수가 들어간 문 위에 있는 낡은 간판을 보고는 순간 발걸음을 멈췄다.

- 계룡산 정도령(신점 전문)

간판을 본 성훈은 인상을 구겼다. 과학 운운하는 김 교수를 새삼 다르게 보았던 조금 전의 자신이 한없이 부끄럽다고 느껴졌다.

"뭐해. 안 들어오고. 여기 용한 데야."

문 안에서 김 교수가 손짓하고는 안으로 들어갔다. 성훈은 자신이 어쩌다 저런 사람과 얽히게 된 건지를 생각하다가 고개를 저으며 안으로 들어섰다.

"안 풀리는 문제가 있구먼."

진한 분칠을 한 사내가 앉아있는 김 교수와 성훈을 보며 말했다.

"일이 잘 풀리면 여기 왔겠습니까."

"사람이 어쩔 수가 없는 일이네?"

무당인지 점쟁이인지 모를 사내는 마치 무언가가 보이기라도 하는 것처럼 말하고 있었다. 평소 이런 곳에는 관심조차 없던 성훈이지만 김 교수와 사내의 대화를 들으며 어쩌면 이런 방법이 초자연적인 현상에 대한 해결책이 될 수도 있겠다는 생각을 은연중에 하고 있었다.

"좀 들여다봐 주세요. 자세하게 말은 할 수 없지만 보시면 아시잖아요."

"알지. 내가 보면 다 알지. 딱 봐도 한 놈은 쇳덩이 만지는 놈이고 한 놈은 동업자렸다. 동업자 놈은 쇳덩이 만지는 놈이 탐탁지는 않은데 이 골치 아픈 문제 때문에 어쩔 수 없이 같이 다니는구나."

성훈은 사내의 말에 조금 솔깃해지는 기분이 들었다. 기계를 다루는 교수에 대해서도 그리고 자신의 심리상태를 들여다본 것처럼 다 말하는 모습이 용하다고 생각했다.

"어디 보자. 신령님. 신령님. 이 불쌍한 놈들 미래를 보여주소서."

사내는 손에 든 쇠 방울을 연신 흔들어 대며 무언가를 중얼거리더니 손에 쌀을 한 줌 잡고 탁자에 뿌렸다.

"점사가 나왔나요?"

뿌려진 쌀을 휘저은 사내의 손짓이 무슨 의미인지 모르는 김 교수가 물었다.

"에이씨. 잘 안되네."

김 교수의 말에 사내는 낙담하듯이 말했다.

"왜 또 안돼. 요새 신빨 좀 올랐다며."

"이게 되다 안되다 그래."

사내와 김 교수가 대화를 주고받는 동안 성훈은 영문을 모르고 두 사람을 번갈아 보다 말했다.

"두 분이 서로 아시는 분인가요?"

"아. 김 교수랑 나랑 고등학교 동창이야."

사내는 김 교수를 가리키며 말했다. 성훈은 나쁜 의도는 아니라고 생각하면서도 김 교수에게 또 당했다는 느낌이 들었다.

"야. 점 못 보면 부적도 못 쓰냐?"

김 교수는 다리를 고쳐 앉으며 사내에게 말했다.

"야. 점하고 부적은 다르지. 미래는 보이다 안 보이다 해도 부적은 안 그래. 아스피린 마냥 꾸준하게 효과 있는거야."

"그럼 하나 써줘 봐. 그 잡귀 같은 거 주변에 안 꼬이게 하는 거. 그거 하나 써줘 봐. 아니다 두 개 써줘."

김 교수는 성훈을 바라보며 마치 다행이라는 표정을 지으며 눈을 찡긋거렸다.

❤

"어떻게 오셨나요?"

도 형사는 실험센터의 입구에서 제지를 받자, 품에서 신분증을 꺼내 보였다.

"경찰입니다."

"경찰이요?"

안내원이 놀라는 표정을 짓자 도형사가 말했다.

"아 놀라실 건 없고요. 여기 센터 김요한 교수님이 초대해 주셨습니다."

"아, 그럼 연락드릴까요?"

"아닙니다. 어딘지 아니까요. 제가 둘러보면서 찾아갈게요."

"김 교수님 연구실은 3층인데 아마 지금은 연구실에 계실 거예요."

"네. 감사합니다."

도형사는 주변을 둘러보고는 계단을 따라 올라갔다. 센터 건물의 2층에는 실험실이 있었다. 복도에 놓인 기다란 의자에 성훈이 실험을 위해 대기하느라 앉아있다가 계단을 오르던 도형사와 눈이 마주쳤다.

"어? 김성훈 씨? 여기서 뵙네요?"

성훈은 뜻밖에도 도 형사가 나타나자 잠시 멈칫거리다 일어나서 살짝 고개를 숙여 인사했다.

"여긴 무슨 일로…."

"김 교수님이 실험 내용을 하도 말씀 안 해주셔서 그냥 견학 와봤습니다."

성훈은 별다른 대꾸 없이 가만히 있었지만, 도 형사가 가까이 다가오면서 말을 걸었다.

"성훈 씨도 실험에 참여하시는 건가요?"

"김 교수님도 말씀을 안 해주셨는데 제가 그걸 말씀드릴 말한 입장은 아닌 것 같습니다."

"아 좀 까칠하시네. 괜찮습니다. 그거야 뭐 상관없습니다. 아 혹시 김성훈 씨는 과거에 정신과 치료를 받아보신 적이 있으신가요?"

"아닙니다. 그건 왜?"

성훈은 도 형사가 무슨 의도로 묻는지 몰라 조금 불쾌한 표정을 지으며 말했다.

"아, 기분 나빠하실 필요는 없어요. 그냥 여쭤보는 겁니다. 그냥. 직업병 때문에 여쭤보기는 하는 건데 제가 생각해도 제가 들었으면 기분 나쁠 것 같아요. 그런데 이게 기분 좋게 물어볼 방법이 없는 거라서 어쩔 수가 없네요."

도 형사는 실실 웃으며 주위를 둘러보고는 고개 숙여 인사하더니 3층으로 향했다. 3층에는 김요한 교수와 최재헌 교수의 연구실이 있었다. 도 형사는 두 교수의 이름이 달린 문을 번갈아 쳐다보다가 한쪽 문을 두드렸다.

"네."

문이 조금 열리더니 도 형사가 얼굴을 내밀었다.

"실례하겠습니다. 혹시 최재헌 교수님?"

"네. 접니다."

도 형사는 연구실로 들어서며 주위를 둘러봤다. 신분을 밝히지 않은 낯선 이의 방문에 최 교수는 조금 긴장했다.

"오건희 원장님 아시죠?"

"오건희...선배님. 네 오래전에 뵌 적이 있었고 최근에 연락한 일은 없습니다만 누구시죠?"

"아. 전 남부서 강력계 형사 도원형이라고 합니다."

신분증을 꺼내며 도 형사가 자신을 경찰이라고 소개하자 최 교수는 순간 잠시 긴장하는 듯했다.

　"오건희 원장님이 담당하셨던 환자랑 진료기록을 최재헌 선생님 병원에 모두 인계하셨다고 하더라고요."

　"네. 제가 운영하는 병원에서 보관하고 있습니다."

　"네. 제가 환자 자료를 하나 찾아볼 수 있을까 해서요."

　"죄송하지만 개인의료정보는 공개가 불가합니다."

　"물론입니다. 그래서 이것까지 가져왔습니다."

　도 형사는 품에서 봉투 하나를 꺼내어 최 교수에게 내밀었다. 최 교수가 봉투에서 꺼내어 확인한 건 법원에서 발급된 압수수색영장이었다. 거기에는 홍지선의 이름이 적혀 있었다. 최 교수는 무슨 일로 홍지선의 이름이 적혀 있는 영장을 자신이 들고 있는지 알 수가 없었다. 김 교수와 성훈이 경찰서까지 끌려갔던 일을 전혀 언급하지 않았기 때문이었다.

　"지선 씨 자료는 왜 필요하신 거죠? 현재 이분은 저희 실험 참가자이기 때문에 개인신상을…."

　"오건희 선생님이 얼마 전에 살해당하셨습니다."

　"살해요? 부고도 없었는데…."

　최 교수가 놀라며 말했다.

　"네. 아직 장례를 치르지 못하고 있어요. 돌아가신 오 원장님이 은퇴하시면서 진료기록을 넘겨주시고, 그래서 오 원장님의 환자들도 최 교수님이 많이 봐주신 거로 아는데요."

"네. 맞습니다."

도 형사는 이미 알고 있는 사실을 다시금 확인하는 차원에서 최 교수에게 묻는 것 같았다.

"혹시 홍지선 씨도 오 원장님의 환자였다는 것 알고 계셨나요?"

"네? 지선 씨가요? 몰랐습니다. 환자기록을 넘겨받았다고 해서 그 환자들이 모두 병원에 치료받으러 오시는 건 아니니까요."

최 교수는 덤덤하게 말하고 있었지만, 도 형사는 그런 최 교수의 얼굴에서 무언가 하나라도 단서를 찾아내려는 듯 시선을 떼지 않고 있었다.

"홍지선 씨와 오 선생님과의 관계를 알아내야 하는데 지선 씨가 오 선생님의 병원에서 진료받았다는 보험기록만 확인되거든요. 이게 진료기록이 전산화가 되어있지 않아서 더는 확인이 안 되더라고요. 그래서 영장을 발부받은 겁니다. 아 물론 전 홍지선 씨 진료기록만 확인할 테니까 다른 분 자료가 유출될까 그런 게 걱정되신다면 제가 자료를 찾는 동안 옆에서 다른 분이 지켜보고 계셔도 됩니다."

"아닙니다. 필요하신 만큼 확인하시면 됩니다. 그런데 아마 예전 자료들은 제대로 관리가 되고 있지 않아서 찾으시기가 어려우실 수도 있는데…. 그런데 그것 때문에 저를 찾아오신 건가요? 그런 일이라면 제가 아니라 병원으로 직접 가셨어도 병원 직원들이 도와드렸을 텐데요."

　도 형사는 김 교수와 성훈에게 이미 말한 사실을 아직 전해 듣지 못한 것 같은 최 교수가 그 두 사람과는 그리 가깝지 않은 사이라고 짐작했다.

　"제가 김 교수님과 성훈 씨에게는 말씀드렸는데 교수님은 아직 못 전해 들으셨나 봐요."

　"무슨…."

　"홍지선 씨가 오 원장님의 살해 용의자입니다."

　"네?"

　도 형사는 홍지선이 살해 용의자라는 말에 주변 사람들이 놀라는 표정을 짓는 것이 그리 이상하지 않았다. 그 어느 살인자라도 평소 주변에 살인자의 냄새를 풍기며 생활하지는 않기 때문이었다. 하지만 최 교수의 반응은 조금 달랐다. 그저 놀라는 게 아니라 무언가 생각이 많아지는 모습까지 얼핏 보일 정도였다.

　"최 교수님은 무슨 짐작이라도 되시는 게 있으신 거로 보입니다만…."

　"아뇨. 아…. 뜻밖이라…. 놀라서 그렇습니다."

　"그렇죠. 살인을 하는 사람이 이마에 써 붙이고 다니는 것도 아니고, 보통 가까운 주변 분들이 나중에 알게 되시면 많이 놀라기는 하시죠."

　"네…. 그런데 지선 씨는 여기 센터에 나오지 않은 지 꽤 됐습니다."

"예. 알고 있습니다. 실험에 참여 중이었다는 얘기는 들었고 주변인 조사 차원에서 나와 본 거니까 너무 긴장하지 마세요."

도 형사는 굳어있는 최 교수를 향해 사람 좋게 웃어 보이고는 문득 뭔가 생각났다는 듯이 말했다.

"아. 혹시 실험을 제가 참관할 수도 있을까요? 김 교수님께는 말씀드렸지만 워낙에 비밀스러워하셔서…."

"네. 가능합니다만…. 대신 경찰인 것만 밝히지 말아 주셨으면 합니다. 팀원들이 불필요하게 동요할까 싶어서…."

"아. 물론입니다. 저도 굳이 티 내는 걸 좋아하는 편은 아니어서."

도 형사가 연구실에서 나가자, 최 교수는 불안해하는 눈빛으로 급하게 모니터 화면을 들여다보며 무언가를 찾기 시작했다. 그러고는 프로젝트의 선별실험대상자 목록 파일을 열었다. 거기엔 이수영과 김선호 두 사람의 이름만 있고 홍지선의 엄마인 정서현은 없었다. 최 교수는 한숨을 내쉬더니 자기 머리를 쥐어 잡고 괴로워하기 시작했다.

♥

실험실 의자에는 성훈이 앉아있었고, 여느 실험과 마찬가지로 옆 침상에는 수영이 누워있었다. 최근 두 번의 실험에서 성훈은 수영을 제대로 만나지 못했다. 수영의 의식이 일부러 성훈을 피하는 것인지 아니면 기계의 오류인 건지 알 수는 없지만 그렇다고 실험을 멈출 수는 없었다. 성훈은 수영을 위해 자신이 선택할 수 있는 유일한 방법을 계속 시도할 수밖에 없었다.

"웬일로 직접 하십니까?"

성훈은 머리의 장치를 연결해 주고 있는 김 교수에게 말했다.

"이제 우리는 절친이니까 직접 해줘야지."

"왜 갑자기 절친인 겁니까?"

"우린 이제 한배를 탔잖아."

김 교수는 말하며 성훈의 주머니를 살짝 두드렸다. 성훈이 끝내 싫다고 했지만 강요하듯이 넣어둔 부적이 들어있는 주머니였다.

"잘 만나고 오라고. 실험 시작합시다."

실험 시작과 동시에 어두운 터널을 지난 성훈은 눈을 뜨자 자신이 집안의 익숙한 소파에 앉아있다는 걸 알 수 있었고, 어깨너머 뒤 편에 수영이 있다는 것도 알았다. 수영은 오랜만이라는 인사도, 왜 그동안 안 나타났냐는 어떤 말도 하지 않았다. 수영이 만들어 놓은 현재 상황을 빨리 파악해야 했다. 지금의 설정이 과거의 한 시점일 수도 있지만, 전혀 모르는 새로운 설정일 수도 있었다.

"난 약속 있어. 늦을지도 몰라."

성훈의 앞으로 지나가며 말하던 수영은 외출준비가 끝나 보였다.

"무슨 약속?"

성훈의 말에 수영은 살짝 불편한 기색을 비쳤다.

"영훈이 만나려는 거야?"

직감적으로 수영의 표정을 살피며 던진 성훈의 말에 수영이 잠시 멈칫거렸다.

"우리 그러고 보니 셋이 만나본 적이 없네? 동생이라는 녀석이 형이 6년 만에 나타났는데 얼굴도 보이지를 않는 것도 이상하고…."

수영은 눈을 질끈 감았다. 마치 언제고 터질 거라 예상했던 일이라고 생각했었던 것처럼 입술을 꼭 깨물고는 말했다.

"내 선택을 지금 비난 하는 거야? 6년 만에 나타나서는?"

"아니. 절대 비난하지 않아. 난 그럴 자격이 없어. 당신 선택을 존중해. 당신이 나를 6년 동안 하염없이 간절하게 기다린 것도 알고 있어. 그래서 더 미안하게 생각해. 당신이 선택한 그 사람이 내 동생이라는데 그 선택이 또 얼마나 힘이 들었겠어. 차라리 내가 동생을 같이 만나서 당신 마음의 짐을 덜어주고 싶어서 그래."

"마음의 짐을 덜어줘?"

"응."

성훈은 말을 지어내면서도 마음이 착잡해져 쓸쓸하게 웃음
짓다가 한마디를 더했다.

"내가 당신의 짐이잖아."

수영은 그런 성훈의 말을 듣더니 속상하다는 표정으로 말
했다.

"무슨 말을 그렇게 해?"

"당신이 힘들게 마음속에서 나를 비워냈는데 내가 그걸 무
시하고 다시 온 거니까."

성훈은 수영이가 자신이 하는 말을 부정해주기를 바랐지만
수영은 긍정도 부정도 하지 않았다. 성훈은 그게 더 마음이
아팠다.

"내가 두 사람을 직접 눈으로 보고 나면 이 상황을 정리하
는 데 더 도움이 될 것 같아. 우리가 함께했던 이곳에서 나도
더는 불편한 손님처럼 있고 싶지는 않으니까."

수영은 성훈의 말에 당황하더니 잠시 망설이다가 말했다.

"생각해볼게…."

♥

"저 기계 작동 원리가 뭔가요."

"에너지 이동입니다."

성훈을 지켜보던 도 형사의 질문에 김 교수가 바로 답을 했지만, 도 형사는 그저 눈을 끔뻑거리다가 피식 웃고는 말했다.

"우리나라 말인데도 들으면서 제가 전혀 이해 못 할 수가 있다는 걸 처음 알았습니다."

"아…."

김 교수가 고개를 끄덕였다. 참관인으로 들어온 도형사가 프로젝트를 이해하려면 어떻게 설명해야 할지 잠시 고민했다.

"에너지 불변의 법칙은 아시죠? 위치에너지가 운동에너지로, 운동에너지가 전기에너지로 각각의 에너지양을 가지고 변환되는 법칙입니다만."

"어릴 때 배웠던 기억이 나네요."

"네. 쉽게 말하자면 그런 원리입니다. 인간의 의식이라는 게 보통 뇌파로 측정이 되고 그 에너지를 감지할 수 있는데 뇌파로 발현되는 에너지를 전기에너지로 치환해서 다른 사람의 두뇌에 연결하는 거죠. 물론 단순한 전기에너지만 가동되는 것이 아니라 뇌파의 파동까지 고려해서 동기화를 거치다 보면…."

"홍지선 씨가 실험에 참여했을 때 특이한 점은 없었나요?"

장황해지는 설명을 더는 들을 필요가 없다고 생각한 도 형사가 말을 자르며 질문했다. 설명을 잘린 김 교수는 도 형사를 바라보면서 잠시 말을 멈추었다.

"지선 씨가 했던 실험에선 특이한 점이 없었습니다."

"그렇군요."

도 형사가 고개를 끄덕였다.

"하지만 성훈 씨가 했던 실험에선 특이한 점이 있었죠."

"성훈 씨가요? 보호자와 그 가족이 환자만 대상이 되는 게 아닌가요?"

"보호자가 사라졌다고 해서 실험을 폐기하기엔 사례가 너무 특이했다고 할까요. 실험을 멈출 수는 없었으니까요."

도 형사는 이해할 수 있다는 표정을 지으며 말했다.

"그렇죠. 특이한 경우라면 실험을 멈출 수 없는 이유가 될 수도 있겠죠. 그러면 그 특이하다는 점이 뭐였나요?"

"성훈 씨가 지선 씨의 어머님 의식으로 들어갔는데, 거기에서 지선 씨를 만났습니다."

도 형사는 김 교수의 설명을 듣다가 고개를 갸웃거렸다.

"그게 왜 특이한 거죠?"

"어머님의 의식 속에 지선씨가 또 다른 의식으로 존재한다는 게 특이한 거죠."

"그게 설마 사라진 홍지선 씨라고 말씀하시는 건 아니겠죠?"

도 형사는 김 교수의 설명을 들으며 현실에서 사라져 버린 홍지선이 어머니의 의식 속으로 숨어버렸다는 말로 이해를 했다.

"성훈씨의 말에 따르면 의식 속에서 지선씨는 자신의 육체를 누군가가 빼앗아 버려서 돌아갈 수가 없다고 하더랍니다."

도형사는 고개를 흔들었다.

"잠시만요. 잠시만요. 지금 교수님의 말씀은 그럼 용의자의 몸이 다른 영혼에게 조종당하고 있다는 건가요?"

황당하다는 표정으로 김 교수를 보고 있는 도형사. 하지만 김 교수는 크게 개의치 않아 보였다.

"그건 모르죠. 일단 저는 과학자니까 제가 보고 듣고 경험한 것만 얘기하는 거죠."

도 형사는 김 교수를 물끄러미 바라보다가 말했다.

"혹시 그럼 교수님은 지금 홍지선 씨를 움직이는 게 다른 영혼이라고 생각하시고 있는 건가요?"

김 교수는 사뭇 진지한 표정으로 말했다.

"영혼이라는 존재를 과학적으로 증명하기는 어렵습니다. 하지만 증명이 안 된다고 해서 존재를 부정할 수는 없는 거겠죠."

도형사는 김 교수의 말을 들으며 실험 중인 성훈을 창 너머로 바라봤다. 성훈과 김 교수는 홍지선의 가장 최근 활동 범위에 있던 사람들이지만 둘 다 실제 홍지선이라는 사람에 대해서는 아는 게 거의 없다고 생각했다. 제대로 알지도 못하는 살인범에 대해 정신이상 같은 말도 안 되는 내용을 이야기 했다는 것은 나중에 지선이 검거되고 재판과정에서 심신미약을 호소하기 위해 이들에게 미리 말해두었던 것은 아닐까 싶었다. 아직 확인하지 못한 오원장의 진료기록 중에는 분명 무언가가 있을 거란 확신이 들자, 이곳 실험실에 있는 것보다 진료기록을 확인하는 게 수사에 도움이 될 거라 판단했다.

"김이정 씨?"

장바구니를 들고 빌라 계단을 오르던 이정은 예쁘장한 아가씨가 자신의 이름을 부르며 말을 걸자 의아해하는 얼굴로 멈춰 섰다.

"누구시죠?"

지선은 이정을 향해 웃어 보였다.

"저번 주에 교회에서 인사드렸었는데…."

"아…."

이정은 교회 사람이라면서도 김 권사라는 호칭으로 자신을 부르지 않는 게 조금 어색하게 느껴지기는 했지만 젊은 사람이라 그러는 거로 생각하며 상대가 무안하지 않게 하느라 잠시 잊은 체를 했다.

"미안해요. 성함이?"

"홍지선이라고 합니다."

"아. 홍지선 집사님. 반가워요. 나이를 먹으니까 자꾸 깜빡깜빡한다니까요. 이 근처에 사시나 봐요?"

"아니요. 그건 아닌데 하나 여쭤볼 게 있어서요."

"말씀하세요."

"혹시 예전에 간호사 일을 하셨다고 들었는데요."

이정은 20여 년 전 일을 이 젊은 사람이 어떻게 알고 왔을까 싶었다.

"네. 했었죠. 제가 도와드릴 게 있나요?"

"아. 맞으시구나. 정신과에서 근무하신 것도 맞죠?"

"그걸 어떻게 알죠?"

이정은 지선의 말에 약간 경계하는 말투를 보였다.

"제가 어렸을 때 그 병원에 다녔었어요. 그때 뵈었던 것 같아서요."

"아. 그렇구나."

그제야 이정은 조금 보이던 경계의 눈빛을 거두어들였다.

"아주 예쁜 아가씨가 되셨네. 치료는 잘 됐고요?"

"네. 이제야 원하던 대로 됐어요."

"다행이네."

이정은 뚫어져라 자신을 쳐다보는 지선의 눈빛을 보면서 자신도 모르게 소름이 끼치는 걸 느꼈다. 친근하게 말을 걸고는 있지만 이 사람과는 빨리 멀어져야 한다고 본능이 말하고 있었다.

"난 집에 일이 있어서 그만 가봐야겠어요. 만나서 반가웠어요."

이정이 급하게 인사하며 돌아서자 지선이 말했다.

"루비 기억해?"

이정은 지선의 입에서 루비라는 말이 나오자 갑자기 가슴이 철렁 내려앉는 기분이었다. 정확하게 기억은 나지 않지만, 왠지 들어서는 안 될 이름을 들은 것만 같았다. 그보다 루비란 이름을 말하는 지선이 아까와는 완전히 다른 사람처럼 느껴졌다. 생각이 거기에 닿자 오래전 끔찍했던 기억 속의 한 어린 소녀가 떠올랐다.

"루비…."

기억을 더듬으며 이정이 말하자 지선의 입꼬리가 올라갔다.

"기억하네. 다행이다. 너도 나 죽이는 데 한몫했지? 그런데 내가 이렇게 살아 돌아올 줄은 몰랐지?"

비틀거리며 돌아서는 이정을 향해 지선이 들고 있던 칼날이 여러 차례 움직이면서 사방에 피를 뿜었다.

❤

"그 할아버지 살인사건하고 똑같은 거지?"

"네."

"그 할아버지도 열두 번 찔렸다고 했었나?"

"네."

"이거 그럼 연쇄 살인이네. 야 광수대 연락해서 지금까지 모아놓은 자료 다 넘기고 손 털어."

"팀장님. 조금만 있다가 넘기면 안 될까요? 조금만 있으면 제가 다 알아낼 것 같은데요."

"아이고 그러세요. 그래서 두 번째 피해자 나올 때까지 열심히 연구 중이셨어요. 당장 연락해서 넘기시라고요."

강력계 팀장이 도 형사를 보고는 비아냥거리듯이 말하자 도 형사가 인상을 쓰며 가버렸다.

"야! 일루 안 와! 저 왕싸가지 새끼가 오냐오냐해 줬더니만 위아래 없이 구네!"

현장을 빠져나온 도 형사는 연락해 둔 병원을 찾아가 서류 창고에 안내받아 다시 들어갔다. 디지털 처리가 되지 않은 오래전 자료를 하나하나 뒤져서 원하는 자료를 찾아내기란 쉬운 일이 아니었다. 자료를 찾아내는 일을 멈춘 탓에 두 번째 희생자가 나왔다는 생각이 들자 무슨 일이 있어도 자료를 찾아내야만 범인의 살해 의도를 알아내서 잡아낼 수 있을 것 같았다. 눈이 뻐근하게 몇 시간이 지나서야 흐려진 잉크로 쓰인 이름이 눈에 들어왔다.

– 홍지선

도 형사는 무거워지던 머리가 맑아지는 느낌이었다.

(11세. 여. 다중인격.
또 다른 인격의 정보는 25세 루비.
자신을 킬러라고 말한다. 성격은 폭력적이며 잔인하다. 학
교에서 급우들에게 따돌림을 당하는 지선을 대신해 루비의
인격이 폭력을 행사했음. 어린아이로 보기 힘든 폭력적인 행
동으로 인해 지선의 정상적인 생활이 불가능해져 내원함.)

(루비와의 대화는 최면을 통해 지선을 잠재우고 루비를 불러내는
과정을 거쳐야 함.)

– 지금은 나랑 이야기하는 사람은 지선이야 아니면 루비
  야?

– 전문가가 보기엔 어때? 누구일 것 같아?

– 루비구나? 나는 루비하고 이야기를 하고 싶었어.

– 그렇게 어린애 대하듯이 말하지 마. 난 어린애가 아니니

코마, 콤마

까.

– 그래. 루비. 루비는 언제부터 지선이랑 함께하고 있는 거
 야?

– 글쎄. 정확한 햇수로 말해야 하나?

– 태어나서부터 함께였는지 어느 기억의 한 시점인지도 말
 해주면 돼.

– 말해주면? 그래서 내가 얻는 건?

– 지선이는 자신 안에 루비가 있는 걸 알아?

– 내가 안에 있다는 건 당연히 모르지. 그러니까 내가 아이
 들에게 했던 걸 자신은 모르는 일이라고 하는 거야. 애초
 에 분수를 모르고 기어오르는 것들은 싹부터 밟아줘야 하
 는데, 이 바보 같은 애는 자기 반 애들한테 무시당하면서
 도 그게 무시당하는 건지 모르는 애니까 어쩔 수 없이 내
 가 나설 수밖에.

– 루비는 본인이 어떤 존재라고 생각하지?

– 글쎄. 아이의 몸에 갇혀있는 킬러?

– 왜 자신이 킬러라고 생각하지?

– 사람을 보면 어떻게 죽일지를 제일 먼저 생각하는 게 우리
직업이거든. 그쪽도 환자를 보면 일단은 이렇게 대화를 통
해서 내가 어떤 존재인지 분석하려고 하잖아. 그거랑 비슷
한 거지.

– 떠오르는 전생이나 지선이가 모르는 기억을 가지고 있는
게 있을까?

– 그러는 그쪽은 전생이란 걸 기억은 하나? 난 어느 날 눈을
떠보니 이 안에 갇혀있다는 걸 알게 된 거뿐이야. 이 몸을
주로 움직이는 게 이 어리바리한 어린아이라서 내가 그냥
가끔 도와주는 거지.

(도와준다고 말하는 건 아직 루비라는 인격이 주도권을 잡지 못
했다는 뜻이다. 최면을 통해 불러낸 인격을 살해함으로써 지선은 정
상적인 생활이 가능해질 수 있다. 입원을 통해 총 12회의 최면 치료를
시행할 예정임.)

코마, 콤마

도형사가 읽는 진료기록에 그 이후의 상황은 12회차 최면 치료를 통해 루비라는 인격이 말소되었다는 내용이 나왔다. 하지만 지선의 치료가 다 되었다는 내용보다 눈길을 끈 것은 치료에 참여한 사람들의 목록이었다. 기록상 치료 시간에 참여한 것으로 나오는 사람은 의사인 오건희와 간호사인 김이정, 그리고 보호자인 홍지선의 어머니 정서현이었다. 실험에 참여했던 지선이 무언가 다른 존재에게 몸을 빼앗겼다는 김 박사의 말이 머릿속을 맴돌던 도형사는 다음 범행대상이 누구일지 짐작이 되었다. 도형사는 진료기록을 들고는 그대로 창고를 나와 어디론가 향했다.

❤

모자를 깊게 눌러쓰고 건물의 입구를 들어선 지선은 아무도 없는 복도를 지나 익숙하게 환자실을 찾아 올라갔다. 지선이 가지고 있는 출입 카드가 닫혀있는 게이트를 통과할 때마다 초록빛과 소리를 내며 열어주었다. 지선은 3층에 마련되어 있는 엄마의 병실에 도착해서는 문을 열고 들어갔다. 평온하게 눈을 감고 있는 엄마에게 연결된 센서들만이 모니터에 엄마가 살아있음을 표시하고 있었다. 지선은 품에서 핏물로 얼룩져있는 칼을 꺼내 들었다. 칼날의 각도를 재듯이 누워

있는 엄마에게 겨누어 보던 지선은 한참 동안 엄마의 얼굴을 바라보았다. 그러고는 피식거리며 웃더니 엄마의 머리맡에 들고 있던 칼을 내려놓았다. 그러고 지선은 침대 바퀴에 있는 고정장치를 풀고는 소리 없이 침대를 밀어 이동하기 시작했다. 2층 엘리베이터가 열리고 지선은 실험실로 엄마의 침대를 밀어 넣었다. 원래대로라면 연구원들이 도와줄 일이었지만 지선은 혼자 엄마의 머리에 익숙하게 실험 장치를 부착했다. 그러고는 조종실로 들어가 익숙하게 장치를 가동하고는 다시 실험실로 들어와 평소처럼 자리를 잡고 스스로 헬멧을 착용했다.

전보다도 훨씬 어두워지고 짙어진 안개 속에서 지선은 익숙하게 어딘가를 찾아갔다. 지선이 도착하자 안개가 흩어지더니 바닥에 굳게 닫혀있는 철문이 나타났다. 철문의 손잡이를 지선이 잡자, 작은 손이 나타나 지선의 손을 덧잡고는 말했다.

"언니야. 이건 열면 안 돼!"

어린 서현이 고개를 저으며 말했다.

"왜 열면 안 돼?"

지선이 빙긋이 웃으며 말하자 어린 서현은 움찔하며 조금 뒤로 물러나서는 말했다.

"여긴 괴물이 잠들어 있어. 문을 열어주면 튀어나올지도 모른다고 언니가 그랬어."

지선은 그리 말하는 서현이 귀엽다는 듯이 고개를 숙이면서 나지막이 말했다.

"괜찮아. 이미 나왔어. 그 괴물이 바로 나거든."

지선의 말에 놀라 연기처럼 흩어지는 어린 서현. 지선이 바닥의 문을 열자, 문은 바닥에서 벽면으로 움직이며 지선을 방해라도 하듯이 형태를 달리하며 변했다. 그런데도 지선이 우악스럽게 문을 열자, 그 문 안에 있다가 지선과 눈이 마주친 엄마가 얼굴이 굳어버렸다. 그런 엄마와 나란히 서 있는 또 다른 지선은 문을 열고 있는 자기 모습을 보며 경악했다.

"어서 돌아가!"

엄마는 옆에 있는 지선의 등을 밀쳐냈다. 지선은 그제야 엄마가 돌아가라고 외치던 순간이 바로 이 순간이었음을 알았다. 지선이 앞으로 달려가자 엄마는 방금 문을 연 루비에 달려들며 다시 소리쳤다.

"어서 돌아가라고! 돌아가!"

달려가던 지선은 문을 막아서고 있는 또 다른 자신의 옆을 스쳐 지나가다가 그녀에게 붙잡혔다. 단단히 잡힌 것도 아닌데 그 손을 뿌리칠 수가 없었다. 루비는 엄마가 자신에게 달려들자 다른 팔로 가볍게 밀어 던져버렸다. 바닥에 내동댕이쳐진 엄마가 두려운 얼굴로 루비를 쳐다보고 있었다.

"안에 갇혀있었던 기분은 어때?"

"뭐?"

지선은 루비의 말을 이해하지 못하는 모양이었다.

"넌 고작 며칠이었잖아. 그러면서 뭐가 무서워서 그렇게 도망가?"

"놔. 가야 해."

지선은 루비의 손을 뿌리치려 힘껏 흔들어 보았지만 마음 대로 되지 않았다.

"지금 너 혼자 살려고 도망치는 거야? 여기에 엄마는 버려 두고? 엄마가 선택한 건 내가 아니라 너였는데?"

"무슨 소리야? 남의 몸이나 차지한 잡귀 주제에."

"잡귀? 뭐야. 진짜 잊은 거야? 기억 안 나? 나 루비야. 진짜 몰라? 내가 너 도와줬잖아! 네가 도와달라고 날 불러냈었잖아!"

루비가 소리를 지르자 지선은 흠칫하며 몸을 떨었다. 바닥에 쓰러져있던 엄마가 다시 달려들어 루비를 끌어안았다. 그 덕분에 루비의 손을 끝내 뿌리치면서 지선이 뛰쳐나갈수 있었다. 그 모습을 바라보며 루비가 말했다.

"엄마는 저렇게 엄마 버리고 가는 딸년이 나보다 좋았던 거야?"

엄마는 루비를 힘껏 끌어 안고 있던 팔을 풀고는 멍한 표정으로 쭈그리고 앉아 옆에 있는 어린 지선의 등을 쓸어주고 있었다.

"겨우 이렇게 되려고 그렇게 나를 기를 쓰고 죽이려고 했어?"

주위를 의식하지 않은 엄마로 인해 루비의 말은 허공에 대고 하는 말처럼 들렸다.

"나도 엄마 딸인데. 왜 날 죽이려고 한 거야? 그리고 왜 이렇게 구질구질하게 살아있는 거야. 그때 그냥 죽어버리지 그랬어. 내가 엄마 차도로 밀었을 때 말이야."

그 말에 엄마가 천천히 고개를 들더니 루비를 바라보았다.

"나도 알아. 네가 그 건널목에서 엄마 밀었던 거. 너도 힘들었었겠지. 옛날 생각이 나서 그랬을지도 모르고."

엄마가 루비를 손짓하며 불렀다. 루비가 힘없이 다가가자 엄마는 다시 한번 루비를 끌어안아 주었다.

"미안하다…."

눈물을 글썽이던 루비는 잠시나마 행복한 표정을 지었다. 자신이 이젠 엄마에게 남아 있는 유일한 딸이라는 생각이 들었던 탓이었다. 루비를 끌어안은 엄마는 빠져나가지 못하도록 힘껏 손에 깍지를 끼며 말했다.

"미안해. 루비야. 엄마한테 딸은 지선이 하나야. 지선이를 위해서 루비는 사라져야 해."

루비는 그것마저도 이미 예상했는지 미소를 짓더니 이내 모든 것을 내려놓은 듯한 눈빛으로 엄마의 품에 안긴 채로 기대어 눈을 감았다.

조종실에서는 도 형사의 연락을 받고 온 김 교수와 성훈이 실험실 안의 지선을 지켜보고 있었다.

"형사가 막고 있는 겁니까? 실험이 시작된 지 10분이 넘었는데 왜 멈추시질 않죠?"

실험의 진행 시간을 표시한 디지털시계가 20분이 되어가는 것을 보며 성훈이 말했다.

"지선 씨가 나올지 아니면 다른 뭔가가 나올지 모르니 기다려야 하는 거지. 그래서 이렇게 모니터링만 하는 거고."

"정말 지선 씨가 범인이더라도 조종을 당했던 거라면 그냥 어머니의 기억 속에 갇혀버리는 게 낫지 않을까요. 본인이 저지르지도 않은 일로 벌을 받을 수는 없잖습니까."

"글쎄. 도 형사 말로는 귀신이 저지른 게 아니라 다중인격체의 소행으로 보인다는데…"

그때 실험실에서 눈을 뜨며 깨어난 지선이 허둥대며 장치를 머리에서 떼어냈다. 그러자 실험실에서 대기하고 있던 도 형사가 지선에게 다가와 신분증을 보이고는 수갑을 꺼내며 말했다.

"홍지선 씨. 오건희 씨와 김이정 씨의 살해 혐의로 당신을 체포합니다. 당신은 묵비권을…"

지선은 도 형사를 바라보더니 당황하면서 소리쳤다.

"왜 그러세요. 무슨 말씀하시는 거예요. 저는 지금까지 이 안에 갇혀있었어요."

지선은 다급하게 조종실을 돌아보면서 영문을 모르는 표정으로 말했다.

"성훈씨 말씀해주세요! 우리 엄마 의식 속에서 저 보셨잖아요! 제가 갇혀있던 거 아시잖아요! 형사님. 지금 무슨 말씀하시는 건지 모르지만 그건 오해예요. 그건 제가 한 게 아니라…."

도형사가 지선의 손목에 수갑을 채우고 울부짖는 지선을 데리고 실험실을 나가는 어수선한 즈음에 엄마에게 연결된 바이털 장치에 표시되는 생명의 신호가 서서히 줄어들었다. 지선은 수갑이 채워진 채로 실험실을 나가며 다시 한번 조종실을 돌아보았다. 그러자 성훈은 차마 눈을 마주치지 못하고 시선을 떨구었고, 김 교수는 안타깝다는 듯이 지선과 시선을 마주쳤다. 지선이 복도로 끌려나가자 그제야 대기하고 있던 경찰차들을 지나쳐 센터로 들어오게 된 최 교수와 마주쳤다. 지선의 시선은 최 교수를 향하고 있었지만, 어떻게 된 일인지를 대강 파악하게 된 최 교수가 자신을 바라보는 지선의 눈을 피했다. 최 교수는 행여나 지선이 불필요한 말을 할까 봐 잔뜩 긴장하고 있었다. 지선은 그런 최 교수를 향해 비웃는 듯한 표정을 지으며 실험실 밖으로 나갔다.

♥

　수영과 걷는 거리는 예전에 자주 걷던 익숙한 곳이었다. 다만 변덕스럽게 내리는 비가 마치 불안한 수영의 마음을 대신하는 것만 같았다.

　"난 얼굴만 보고 바로 갈 테니까 너무 걱정하지는 마."

　성훈이 말하자 수영은 고개를 절레절레 저었다.

　"난 아직도 이게 맞는 건지 모르겠어."

　"맞고 틀리는 게 아닌 거 잖아. 그동안 자기도 최선을 다한 거잖아. 기다려줬다는 것만으로 난 고맙게 생각해. 두 사람이 새로 시작하는 걸 내가 가장 축하해줘야 하는 거 아닌가?"

　성훈은 마음을 비운 사람처럼 말하고 있었지만 수영의 얼굴은 목적지가 다가올수록 점점 어두워져 갔다. 멀리에 뒤돌아서 등을 보이고있는 한 남자의 모습이 보였다. 낯설면서도 익숙한 모습이었다. 순간 성훈은 자신에게 정말 동생이 있는 게 아닌가 하는 착각이 들기까지 했다.

　"영훈 씨. 나 왔어."

　수영의 말에 영훈이 뒤를 돌아보았다. 수영은 그런 영훈을 보고는 깜짝 놀라 뒷걸음질을 쳤다. 돌아선 영훈은 성훈의 얼굴을 하고 있었다. 그 모습을 보고 당황하던 수영이 곁에 있던 성훈을 바라보더니 다시 고개를 돌려 영훈을 바라보았다. 수영을 바라보며 웃고 있던 영훈의 모습은 오래전 성훈의 모습이었다. 당황하는 수영의 시야에서 영훈은 점점 희미해지면서 사라져갔다. 놀란 수영은 다급하게 다가가 영훈을 잡아보려 했지만, 손에서 연기처럼 빠져나가며 사라졌다.

"어떻게 해. 나 어떡해."

허공에 손을 저으며 수영이 발을 동동 굴렀다. 그런 수영에게 성훈이 다가가 어쩌지 못하고 벌벌 떨고 있는 손을 잡아주었다.

"괜찮아. 다 잘 될 거야."

수영은 눈물이 가득 고인 채로 성훈을 돌아보았다.

"영훈이라는 동생은 없었어. 당신이 내 전부였던 시절에 당신을 사랑했던 내가 있었던 거지."

영훈이 사라졌다는 충격으로 수영은 성훈의 말이 들리지 않는 것 같았다.

"영훈 씨가 왜 사라진 거야?"

"원래부터 없던 사람이야. 당신이 만들어 낸 사람이니까."

"내가 만들었다고?"

"당신은 지금 코마 상태거든."

성훈은 코마라는 말에 동요하며 흔들리는 수영의 눈을 보았다.

"내가 코마 상태라고? 내가 자고 있는 거야? 그럼 자기도 내가 만들어 낸 거야?"

"아니. 난 자기를 6년 동안 기다린 진짜 사람이야."

"자기도 사라질 거야?"

"아마도 어쩌면?"

"그럼 난 또 혼자 남는 거야?"

"아니. 혼자가 아니야. 이제는 당신이 돌아오면 돼. 내가 밖에서 기다리고 있으니까."

수영이 멍한 표정으로 성훈을 바라보는 동안 주변의 건물들이 빠르게 흩어져 사라지고 있었다. 성훈의 몸은 블랙홀로 빨려 들어가듯이 뒤로 날아가며 수영에게서 멀어져 사라졌다.

지선이 연행되어 가고 공식적으로 두 명을 살해한 살인범이라는 것이 수사로 밝혀졌을 때 코마프로젝트는 폐기되었다. 센터가 문을 닫으면서 병원으로 돌아오게 된 수영은 지난 6년처럼 일반병실에서 코마 상태로 누워있었고 성훈은 변함없이 그녀의 곁에서 그녀를 지키고 있었다. 지난 6년의 시간 동안 달라진 점이 있다면 언제나 묵묵히 수영을 바라만 보고 있던 성훈이 코마 상태인 수영에게 계속 말을 건다는 것이었다. 그녀의 몸은 잠들어 있어도 그녀의 영혼은 깨어있을 거라는 생각을 하게 되었고, 그녀가 분명 듣고 있을 거라는 믿음을 가지고 있었기 때문이었다.

코마, 콤마

"그래서 경찰서를 나오고 나서는 김 교수가 간 데가 어딘지 알아? 점집을 가더라고. 과학자가 말이야. 게다가 용하다고 해서 갔는데, 내가 거기서 또 속아 넘어간 거야. 둘이 서로 알고 지내던 사이였는데 진짜로 다 용하게 맞추는 줄 알고…."

그때였다. 성훈이 잡고 있던 수영의 손가락이 살짝 움찔거렸다. 성훈은 무심코 자신이 너무 손을 세게 잡고 흔든 건 아닌가 하는 착각을 했다. 순간 어색하게 움직이던 수영의 손이 천천히 성훈의 손을 잡았다. 갓난아기가 잡는 것처럼 아무런 힘이 들어가지 않은 손짓이었다. 성훈은 마치 수영에게 처음 데이트를 신청하던 날처럼 가슴이 세차게 두근거리는 것이 느껴졌다. 수영의 눈썹이 부르르 떨리더니 가느다랗게 눈을 떴다. 그러고는 성훈을 향해 초점을 맞추는 것처럼 보였다.

"나…. 너무 오래 잔 거 같아…."

수영의 메마른 입술이 작게 열리더니 들릴 듯 말 듯 한 소리가 새어 나왔다.

"응. 너무 오래 잤어."

대답하는 성훈의 눈이 붉게 충혈되어 있었다.

"돌아와 줘서 고마워."

♥

멀리 알프스의 빙하가 바라보이는 카페의 테이블을 두고

한 청년이 선글라스를 낀 채 풍경을 감상하고 있었다. 테이블을 정리해 준 아가씨가 청년의 얼굴을 보고는 눈썹을 살짝 올리며 눈웃음을 흘리자, 청년도 눈웃음을 보였다.

"이놈아 넌 나 닮아서 아무 데서나 그렇게 눈웃음 흘리면 안 된다니까. 여자들 병나."

"아빠. 그냥 상대가 미소를 보이니까 같이 웃은 거죠. 지금 저 질투하세요?"

"기분이 나쁘잖아. 내가 눈웃음치면 정색을 하는데 말이야."

선호는 그런 김 교수의 너스레에 피식거리며 말했다.

"전화는 잘 끝나신 거예요?"

"응. 최 교수까지 말려 들어가기는 했는데 크게 무슨 처벌을 받거나 하지는 않나 봐."

"그 살인범이랑 아는 사이였다는 거죠?"

"그냥 아는 사이가 아니라 그 여자가 최 교수를 유혹해서 음…."

김 교수는 잠시 말을 멈췄다.

"아빠. 이제 저 미성년자 아니에요."

"그래도 인마. 아비가 자식한테 이런 말 꺼내는 게 쉬운 게 아니야. 암튼 둘이 부적절한 관계를 맺었고, 그래서인지 몰라도 실험 대상자가 아닌데도 프로젝트에 최 교수가 참여시켰다고 하더라고. 지선씨는 아무 말 안 하고 있었는데 이 인간이 저 혼자 찔려서 양심고백 한 거지."

선호는 김 교수의 말에 고개를 끄덕이고는 말했다.

"그런데 범인은 왜 최 교수님을 선택한 걸까요?"

"그렇지? 나도 그게 의문이야. 외모로 보나 뭘로 보나 내가 첫 번째였을 텐데 말이야. 내가 차마 넘을 수 없는 벽처럼 느껴졌던 게 아닐까?"

선호가 한숨을 내쉬며 말했다.

"설마요."

"그렇지? 아빠는 아마 한 번에 무너졌겠지?"

"그 살인범의 정체는 뭐였던 거예요? 다른 영혼이 몸을 이용한 건지 아니면 그냥 다중인격 때문이었던 건지."

김 교수는 생각이 많은지 한참을 골똘히 있다가 입맛을 다시며 말했다.

"그래. 나도 그것 때문에 고민했었지. 실험을 통해 상대의 머릿속에 들어가는 게 보호자의 의식인지 아니면 영혼인지 말이야. 사람이 무언가를 보고, 듣고, 생각하고, 판단해서 행동하는 그 의식이라는 게 말이야. 어떻게 보면 그 사람의 인격이기도 하고, 어쩌면 그 사람의 영혼일 수도 있다는 생각이 들더라고. 의식과 인격과 영혼이 서로 불리는 이름이 다를 뿐 사실은 같은 거였던거지. 아까 듣기로는 지선 씨의 진술이 어디서부터 어디까지가 사실이고 거짓말인지 구분을 할 수가 없는 데다가 다중인격에 대한 치료를 받은 기록까지 있으니, 법원에서는 아마도 정신감정을 할 텐데…. 그게 참 어려운 문제네."

아버지와 이야기하던 선호는 의자에 기대앉아 먼 데를 바라보면서 빙긋이 웃었다. 김 교수는 그 웃음의 의미는 모르지만, 홀가분한 마음으로 의자에 등을 기댔다. 파라솔로 가려져 보이지 않는 알프스의 높은 산봉우리에 커다란 먹구름이 걸려 있었다.

코마, 콤마

초판 1쇄 인쇄 2024년 9월 20일
초판 1쇄 발행 2024년 9월 27일

지은이 이승훈
펴낸이 박세현
펴낸곳 서랍의 날씨

기획 편집 곽병완
디자인 김민주
마케팅 전창열
SNS 홍보 신현아

주소 (우)14557 경기도 부천시 조마루로 385번길 92 부천테크노밸리유1센터 1110호
전화 070-8821-4312 | **팩스** 02-6008-4318
이메일 fandombooks@naver.com
블로그 http://blog.naver.com/fandombooks

출판등록 2009년 7월 9일(제386-251002009000081호)

ISBN 979-11-6169-309-5 (03810)

서랍의날씨는 팬덤북스의 가정/육아, 문학/에세이 브랜드입니다.